變!變!變!動物國

傅林統 著
劉彤渲 圖

目錄

—推薦序—

有趣又有益的動物童話

台北市立大學中國語文系退休教授　**陳正治**

傅林統校長是我非常景仰和敬佩的一位文友。他的著作接近百本，有童話、兒童小說、兒童詩、兒童散文，還有兒童文學理論書籍，真是全才的兒童文學作家。

最近我拜讀他以動物為主角的《變！變！變！動物國》童話，在感動、敬佩、欣喜外，特別舉出這本書的幾個特色。

一、詩文合一的童話文體：童話中結合兒童詩或兒歌的作品，傅校長不是首創，在美國童話作家懷特《天鵝的喇叭》的童話裡就出現過幾首詩歌；不過傅校長的二十七篇童話，卻是每篇的開頭或結尾處，都配合有童話內容或主角動物特性的兒童詩，可以說是詩文結合的發揚光大。在傅校長的童話裡，詩文相互映襯，融合自然，增加了兒童閱讀的趣味，也增進了兒童的詩情。

二、文學、科學、哲學的自然融合：文學重視感性，以情打動人心，不是知識或理性的傳播；但是故事的題材，可以有自然知識或哲理，只要它們融合得很好。例如懷特的《夏綠黛的網》，表達豬也有生存權，融合了人道的哲學思想；獲得美國「紐伯利獎」的得獎作家奧布潤的《地鼠奇遇記》，強調互助團結和捨己救人的精神外，也諷刺科技文明的發達，忽略了人生意義的思想。傅校長的童話，應用藝術手法，以富有生物學的動物特性為素材，結合愛心和智慧，寫出可以啟發人類思想的故事，實為不可多得的作品。

三、真情、善心的智慧故事：在台灣常停在牛背上或電線桿上，俗稱「烏鶖」或「烏鬚」的大捲尾鳥，可能因為全身黑黑像烏鴉一樣的令人討厭，因此兒歌裡流傳的是：「烏鬚，烏鬚，吱嘎啾！掠雞仔搵豆油！」誣陷牠偷吃雞。傅校長為牠編製了〈大捲尾的警徽〉故事，敘述大捲尾趕走俗稱老鷹的鳶鳥，保護小雞而獲得警徽的故事，平反牠的汙名，並把兒歌改為「烏鬚，烏鬚，吱嘎啾！掠蟲仔搵豆油」，讓害鳥回歸成益鳥。這是傅校長對動物的生態深入觀察，並且發揮愛心，利用正確知識，以真情編製了相關的智慧故事。

四、語言美、想像美的童話：傅校長的童話，語言有味。例如他應用借代修辭法把蜘蛛網稱做「銀色網子」，螳螂稱作「鐮刀武士」，犀牛叫做「鐵甲武士」，順應天然的農耕土地叫做「天農國」；應用轉化的擬人修辭，把動物擬為人，讓動物像人一樣，會說話，會思考，讓兒童親近。而在敘述故事時，更重視語言美。例如第一篇的〈蝶蝶和飛飛〉，敘述蝶蝶和飛飛雙雙飛舞的情景：「有時波浪般空中搖滾，有時繞著圈圈畫出愛心的仙桃。風兒情不自禁的拉著大提琴伴奏，花兒笑逐顏開，葉兒隨風拍掌，山坡上一片歡樂和幸福。」這兒的敘述，就像詩一樣美。另外，編寫童話尤需想像力。傅校長常根據動物特性編製童話。例如在〈理髮師？小提琴手？〉的童話，把有一大一小兩隻螯的招潮蟹，想像成理髮師，又想像成小提琴手，然後編出可愛、有趣的故事，富有想像美。

看完傅校長這本有趣又有益的《變！變！變！動物國》童話，感覺好像出席滿漢全席的童話饗宴，真是美不勝收。

二〇一七年八月二十日　寫於敬亭山書房

—自序—

動物國智慧和愛的信息

任何物種都是人類在地球上不可或缺的伴侶，生存上彼此互補的依靠，家中寵物不用說，在工作上、遊戲上陪伴人們的牛馬犬貓，以及在動物園裡讓你賞心悅目、歡呼稱奇的珍禽異獸，都是人類親密的朋友。縱使是天空、野地、海底、深山的飛禽走獸、蟲蟻魚蝦，無不是珍貴物種的一環。

兒童天生喜歡動物，他們親近寵物，好奇的觀察小蟲、小鳥、小動物，都比親近大人要來得容易，因此動物故事就成為童話的大宗，甚至是童話的正宗，動物童話不僅讓兒童喜愛，更使兒童的智慧和愛心萌芽、成長、茁壯。

動物童話常以擬人化形式展現，可多元且深刻的含蘊種種寓意，因此它可以是寓言，也可以是奇幻童話或民間故事。

不管動物童話以任何形式呈現，都必須是文學的、藝術的、詩情畫意的，為了加深這一層意義，在這裡除了童話本身加強藝術性的構成外，開頭或結尾以「童眼童語」的童詩相襯映，文後附「智慧小問答」作為引導思考的橋梁。前者是以兒童直覺的眼光觀看那動物的形相，且以兒童的語言描述對那形相的感覺，後者在啟發兒童思索故事的主題所在。

「樂在說故事」的我自一九八七年退休以來，在桃園市文化局兒童室口演故事兼培養說故事媽媽多年，面對兒童，喜歡共享「動物故事」，先來一首直覺美感的童詩，一幅既真實又俏皮，既親切又會說話的動物圖像，給孩子們先領略牠的生態和可愛，再踏進故事的情境，氛圍醞成，互動熱烈，其樂陶陶，其樂融融，多愜意的享受！

「智慧小問答」，避免單向的灌輸，讓兒童自由思考發言，更從問答中啟發兒童產生疑問、發現新議題，雙向互動，心智活潑，樂趣無窮，孩子們自然留下深刻的印象，期待著下一次的「爺爺說故事」。

這是一個很親切卻也令人驚奇的「動物國景象」，從藍天到海洋、從身邊到森林，讓你親近動物、認識動物、體會動物的本事、可愛和面貌的多元，真心的喜歡上牠們。然後呢！會更愛大自然，關心生態保育，尊重土地和一切生命，提升我們的心靈境界。

這也是一本貼切的橋梁書，童話本身充滿奇幻的想像，啟發讀者的「生命感情」，喜愛人類以外的一切動物。這也是美學與哲學，以及宗教心的發軔，更是感性與理性的互融。

來吧！「動物國」歡迎你！歡迎你見到任何動物國的居民，都會自然而然湧現豐富的想像力，情不自禁的要聽聽牠們的故事，讀一讀牠們的故事書，了解那國土的一切，甚至還要自己來創作動物國的故事，寫動物國的詩。祝福你踩上「跨越國界」的橋梁，一路順暢邁向多元的智慧和思維，享受一生豐收的喜悅！

1 蝶蝶和飛飛

蝴蝶

蝶蝶飛飛
把花兒甜言蜜語的情書
摺成兩片活頁
輕鬆的背著
飛呀飛
尋找花情侶彩繪的信箱投遞

蝶蝶和飛飛是一對美麗的蝴蝶，是天神傑作中的傑作。

當初，天神創造天地，為了使大地更美麗，更浪漫，特別精心設計了各色各樣的花朵。這樣還不夠，又興致淋漓，創意蓬勃的造出穿梭花間的蝴蝶，於是蝶蝶和飛飛，就成為彩色繽紛、舞姿曼妙、身材樣貌，千嬌百媚，種類萬萬千千的蝴蝶族群裡，格外亮麗的一對伴侶。

蝶蝶飛飛，雙飛雙舞，穿梭在朵朵燦然綻開的紅花、紫花、黃花，形形色色的花兒之間，惦記著天神吩咐的：「勤奮的當好你們的郵差，花兒們一封封精巧的情書，有多少濃密的愛情，有多少甜美的話語，都藏在花粉裡，等待你們限時專送呢！」

蝶蝶飛飛，謹遵天神的吩咐，忙呀忙的，讓花兒們也忙呀忙的送上花粉信箋，一聲聲謝謝的又招呼又歡送，彼此感激，其樂融融！天底下哪有這樣愉快的工作呢！蝶蝶飛飛愈做愈起勁，飛來飛去，身影更輕盈，舞姿更曼妙美麗。

蝶蝶飛飛有時雙雙飛舞，有時波浪般空中搖滾，有時繞著圈圈畫出愛心的仙桃，風兒情不自禁的拉著大提琴伴奏，花兒笑逐顏開，葉兒隨風拍掌，山坡上一片歡樂和幸福。

有一次，蝶蝶和飛飛突然發現眼前高掛著一張銀色的網子，恰好擋住了去路，正覺得詫異時，側面衝來一隻飛蛾，撞上銀網，這下可慘了！飛蛾被網住，痛苦的掙扎。原先就落在網上的一枚枯葉說：「你自己會飛還飛到網子上，我是不得已掉在這裡的啊！」

「不要嘲笑了，我也是無可奈何啊！」

「嘿嘿！無可奈何的飛蛾，當我的點心吧！不得已的枯葉，讓我一腳踢下你落葉歸根去！」黑蜘蛛從隱密處移動八隻毛毛腳出現，說時遲那時快，迅雷不及掩耳，黑蜘蛛一口咬住飛蛾，一腳踢下枯葉，然後悠揚的退回祕密小屋，銀網仍然迎著陽光閃閃發亮。

目睹一切的蝶蝶和飛飛，同時打了個寒顫說：「大地上原來不全是安全的好地方啊！」

牠倆忽然感覺四周的氛圍改變了，陰森森、鬼幢幢、冷颼颼，原先無憂無慮快樂飛舞的心情，也忽然沉重了起來。不過牠們心想：「我們是天神最寵愛的美麗天使，誰也休想占我們便宜！」

「嘿嘿！嘿嘿！愣在那裡做什麼？我的小點心，我要占便宜了！」

恐怖的沙沙聲從背後傳來，回頭一看，不得了啊！螳螂！鐮刀武士，昆蟲殺手，快飛啊！飛上天去躲在天神懷抱吧！可是天那麼遙不可及，才飛到花木枝頭，忽然一隻小鳥衝下來，對準著蝶蝶飛飛啊！幸好花枝濃密，花朵又像把傘護住了蝶蝶飛飛。

驚魂未定，天色驀然變化，頓時烏雲密布，電光閃閃，嘩啦啦！大雨傾盆，蝶蝶飛飛連續遭遇危機，心情不由得憂鬱起來。這時雨聲風聲裡夾著天神的話語：「是晴是雨，是歡是悲，是安是危，是福是禍，都是大地的自然情景，你們要以智慧適應，以愛相鼓勵啊！」

蝶蝶飛飛聽了，心裡感到安慰，心平氣和繼續勤奮工作。牠們以愛相安慰，雙雙陷入甜蜜的愛河，在一個熟透了的樹果上，產下愛的結晶「卵子」。這時蝶蝶飛飛都筋疲力盡，攀住一片樹葉，動也不動，雙雙化成看不見的精靈守護著孩兒。

卵子孵化了，變成蟲蟲，精靈驚訝的發現自己的孩子，竟然不再是天神得意的藝術創作，而是醜陋得令人厭惡的毛毛蟲。

「飛飛，怎麼會這樣？」

「蝶蝶，我也不知道！」

「天神啊！祢不是把我們造成最美麗的郵差，專為天下有情的花兒傳遞情書的嗎？現在怎麼捉弄起我們了？」

「哈哈哈！別埋怨！別傷懷！這也是我造物主精心設計的一環啊！」天上傳來低沉而莊嚴的聲音。

「當你美麗得意時不可自大，不可得意忘

形，世界上的一切都是無常的，美、醜也是一樣。」

「天神，我們並沒有因為美麗而驕傲啊！」

「這我肯定你們，然而我更想告訴你們的是醜時不必自卑，不必怨嘆，做好自己耐心等待，天神自有美好的安排。」

天神又無限慈祥的對蟲蟲說：「蝶蝶飛飛的孩子——軟弱又醜陋的毛毛蟲啊！你會吐絲結繭、蛻變、羽化！只要信心洋溢，滿懷盼望，美好的日子就在眼前。」然後空中傳來微風的綿綿絮語：

一隻毛毛蟲是一個謎語，
毛毛蟲怎知醜陋的自己，將來會是美麗的蝶蝶飛飛？
美麗的蝶蝶飛飛，怎知醜陋的毛毛蟲是從前的自己？
啊！醜陋和美麗都是自己，誰都要隨時做好自己！

智慧小問答

1. 風兒、花兒、葉兒怎樣跟蝶蝶飛飛相處？你喜歡這樣的友善嗎？
2. 蝶蝶飛飛，怎樣發現大地上不全是安全？人世間是不是也一樣？
3. 一隻毛毛蟲是一個謎語，為什麼？大自然裡是不是有很多「謎」？

2 野地神探阿郎警犬

流浪狗

朋友家裡都有一隻隻寵物狗
有主人的狗狗多幸福！
可是繞在我腳邊的卻是隻流浪狗

潔白的毛變成灰灰，高揚的尾巴變得垂垂
不再天真的跳躍，不再歡欣的搖尾
只有那眼神痴情的，乞憐似的望著我

我悄悄的說：

我要結束你驚恐不安的日子

把你變成故事裡超可愛的神探狗

羊媽媽在草地上悲切的哭個不停。

「咩咩！咩咩！我的妹妹啊！我可愛的小女兒啊！你到哪兒去了？快回媽媽身邊，被野狼盯住可就不好了呀！咩咩！妹妹！」

淒厲的哭聲傳遍草原，每隻羊都難過得心如刀割，可是誰也沒能耐，也沒有勇氣離開族群，冒險尋找失散的小羊去。

神探阿郎來了，阿郎是牧羊人最得力的夥伴，十八般武藝齊備的牧羊犬，像天上飄下來的救星，一身飄逸的長毛，撫慰了每隻羊的心，鑲著警徽的項圈，發出燦爛的光輝，撩起每隻羊熱切的盼望。

阿郎直直走到羊媽媽身邊，聞著牠的全身，最後聞到腹部的乳房，並不是調戲，而是細心的聞出羊妹妹吮乳留下的氣味。

神探阿郎的祕密武器就是嗅覺，能夠辨識任何動物個體的特殊氣味，就像人類以面貌認識每個人那樣。

「嗯！好可愛的羊腥味，乳臭未乾，怪不得會迷失路途！就看我神探阿郎的功夫吧！羊媽媽，你可別哭了，會哭壞身體的！」

「聽你的話不哭就是！等待著您帶回妹妹！」

阿郎聞著地面、草叢、樹根，循著羊妹妹的氣味一直往前走，看來一切很順利，大功即將告成，可是天公不作美，突然烏雲密布，嘩啦啦的下了一場大雨，草木被洗刷得乾淨亮麗，草原變成溼地，雖然驟雨一下子就過去，但羊妹妹可愛的氣味忽然消失了！

「唉！天啊！怎麼跟我耍起惡作劇！害我神探傷腦筋！」

阿郎不死心，東張西望找線索。

「啊！有啦！」阿郎發現前方有棵大樹，濃密的枝葉覆蓋一片大地，就像是撐著一把超級大傘。

樹蔭下的草地沒受大雨沖洗，阿郎終於又找到了羊妹妹的氣味，知道牠在樹根那兒逗留過，阿郎繞著圈圈，想分辨羊妹妹是從哪個方位離開的，聞呀聞，忽然驚慌大叫：「呀！事情不妙了！」

原來樹根上還有可怕的野狼的騷味！而且是母狼，狡詐而又凶狂的母狼！為了餵飽小狼，那不顧一切非達目的不罷手的狠勁，是令人毛骨悚然的！

「啊！母愛，羊媽媽的母愛，野狼的母愛，草原上許許多多的母愛，天下所有母性的愛，都是那麼的偉大！可是我今天尋求的是不流血的母愛啊！」

阿郎循著兩種氣味交錯的途徑，來到了一片灌木林裡，果然發現嚇得全身發抖，緊緊的躲在荊棘叢中的羊妹妹。

野狼焦急的繞著荊棘叢「虎視眈眈」！羊妹妹孤零零的哀鳴，萬一在恐懼感逼迫下，離開保護牠的荊棘叢一步，立刻就會落入野狼的爪牙。

「咩咩！咩咩！」羊妹妹顯然愈來愈不安，有氣無力的悲鳴。

「吼！吼！」母狼發出撼動周遭山野的呼嘯聲，決心無論如何要給飢餓的兩隻狼寶寶，一頓可口的美餐。

阿郎遠遠的看見僵持的狀況，緊急奔跑過來，對著焦急的母狼，亮出了脖子上的警徽，母狼心不甘，情不願的，狠狠瞪了阿郎一眼說：「這公平嗎？誰同情我快要餓死的小寶寶？」

阿郎心平氣和的說：「算你運氣不好，找別的獵物去吧！不要讓你那嗷嗷待哺的寶寶久等！」

母狼知道阿郎保衛草原和平的決心是很堅定的，只好悻悻然走了，頭也不回的找牠的寶寶去了！

這時羊妹妹已經小心翼翼的鑽

出來，流淚滿面的說：「阿郎叔叔，謝謝您趕走野狼救了我！」

阿郎說：「首先該謝的是荊棘叢啊！它們是弱者的守護神，默默的，堅強的擁抱著你，讓你永遠都有安穩的庇護。」

「可是如果叔叔不及時趕來，我可要軟趴趴癱瘓了，什麼荊棘，什麼守護神都救不了啊！」

「打起精神跟我回媽媽身邊吧！牠可心急如焚呢！」

風輕輕的吹拂，雲悠閒的漂浮，花在微笑，草在搖手，慶祝阿郎成功的把羊妹妹救回安穩的羊群。

智慧小問答

1. 阿郎為什麼是牧羊人最得力的好伙伴？
2. 阿郎出發救羊妹妹之前，為什麼要聞聞羊媽媽的氣味？
3. 羊妹妹是怎樣脫險的？

3 玉兔杵歌為誰唱？

兔寶寶眼紅紅

兔寶寶
眼睛紅紅
哭了？病了？痛不痛？癢不癢？
我餵你生菜沙拉
希望你營養均衡不再眼紅紅

兔寶寶說：我不是害眼疾
是眼紅唱杵歌的玉兔

那麼得意，那麼幸福
請幫我問牠
怎樣登上月亮舞台當明星？

那年秋收的夜晚，天上皓月皎潔，映射清輝，大地上一片銀色，如同白畫，美極了！

彌猴們正在山坡上的平台，搬出一堆如山般的米穀慶豐收，可是要怎樣把它變成美食？議論紛紛。

曾經到人類的村莊考察取經回來的猴王說：「舂成天下第一美食——QQ的米粿！我們這兒現成的石臼、石杵，多的是！」

「好哇！好哇！米粿我喜歡！」一群猴歡聲雷動。

猴王又說：「不過想吃米粿得做事！不工作的甭想吃，工作成績好的還有獎賞呢！」

「對！多付出多享受，天經地義！」猴群高舉雙手贊成。

哪隻猴子不想得獎大飽口福！個個爭先恐後，你搶石杵，我占位置，擠成一團，也跌成一堆。

「不要爭！不要擠！排隊照順序來！」

猴王整好隊伍，一個個計時輪流工作，果然秩序好了起來，可是猴急成性，求好心切，卻不懂要領，也沒章法，穀子濺出臼外，滿地狼藉不堪！

聰明伶俐的白兔看在眼裡，忍不住跳出草叢說：「呀！舂米可不是這樣莽撞的啊！看我的！」

猴王和猴群，回頭看一下自己狼狽的樣子，只好慚愧的蹲到一邊，靜觀白兔大展身手。

白兔扛起石杵，繞著石臼，咿咿呀呀唱起杵歌，隨著歌聲的悠揚高亢，小小的白兔竟然逐漸變大，像吹著氣球，不一會兒，竟然變成高出石杵兩三倍大的巨兔，輕輕鬆鬆，愉快的載歌載舞。

猴子們詫異的問：「兔小弟，小不點兒的你，怎麼變成大象一般呢？是不是有魔法？」

白兔說：「不是魔法是心法！」

「啥是心法？」

「是心裡怎麼想的那『念頭』！譬如我現在一心想把事情做好，聚精會神的心態就是。」

「嗯！那念頭就是使你變得很偉大的心法是嗎？」有隻聰明的猴子問。

另一隻自以為聰明的說：「才不是偉大！是巨大啦！」

於是猴子們又是七嘴八舌議論紛紛，有的肯定是偉大，有的認為是巨大，辯得面紅耳赤，猴王跳出來下結論說：「偉大、巨大，反正大大就是了！」

白兔才不管猴子們叫叫嚷嚷，心無旁騖，氣宇軒昂，歌聲繚繞，獨自完成了舂米工作。

「呀！雪一般亮晶晶的白米，製成QQ的米粿，一定猴猴垂涎欲滴！」

當然喔！猴群個個瞪大眼睛，圍觀滿臼的白米，心中充滿貪吃的念頭。

「還早哩！要先煮成熟飯，再接著一番精緻的杵舂才會變成米粿，汗水有得流呢！」猴王提醒著大家，然後大喊：「快！快生火煮飯！」

火堆燃燒起來了，一群猴子手忙腳亂的扛起大鍋往火上擱，一不小心，一個個跌在柴火上，屁股都燒得紅紅的，不過誰在乎呢！直盯著白米，盼望快煮成熟飯，快舂成心中念念不已的米粿。

米飯煮好了，白兔又舞動著石杵，高唱著杵歌快樂工作起來。旁觀的猴群飢腸轆轆，口水直流，模樣真是又難看又好笑！有一隻嘴饞的，忍不住伸手抓米粿，其他的更是猴急得不得了，一隻隻手搶著伸過去，卻一隻隻手都被石杵撞得疼痛難堪！

「好痛喔！」

「狡兔小子，不要藉機傷猴啊！」

「不要以為你是『大大』就可以霸凌我們啊！」

「停停手！讓我們好抓米粿！」

猴子群情激動，白兔受到騷擾威嚇，萬分委屈，一心想做好工作的牠，只好連杵帶臼，扛著往山頂躲。

「好狡猾的傢伙，竟然要獨吞米粿！」

「看你往哪兒跑！」情緒沸騰的猴群急忙追趕。

那是個多麼明亮的月夜，圓圓滿滿的月亮在山頭看著猴群演出的鬧劇，還有氣喘吁吁，走投無路的白兔，驀然湧起了一股濃濃的憐憫心吧！

白兔本來就是快跑健將，可是背著裝滿米粿的石臼跑到山頂，接著又是兔子們最害怕的下坡，啊！往下跑一定連滾帶翻跌得頭破血流。

就在危急萬分的當兒，白兔忽然發現頭頂上圓圓的滿月，竟然是一面明亮的鏡子，清晰的映著牠狼狽的影子，忽然鏡子裡伸出了一雙細細長長的嫩手。

原來月宮裡的嫦娥，一開始就陶醉在白兔珠玉滾動般悅耳的杵歌，此時此刻情不自禁伸出手，連同白兔和石臼、石杵，一塊兒拉拔上了月亮的國土。

白兔發現自己到了明鏡一般的月亮，更驚奇的是竟然全身晶瑩剔透，變成了「玉兔」。從此每個夜晚都滿心快樂唱杵歌，為的是讓欣賞夜空、欣賞星星、欣賞大自然、欣賞銀河，欣賞宇宙天界的所有地上的人們和鳥獸都感到快樂。

小朋友！聽見了嗎？那穿越時空，傳到人間的奇妙天樂！

智慧小問答

1. 小白兔舂米隨著杵歌逐漸變大，是不是魔法？你以為呢？
2. 為什麼白兔變玉兔？
3. 玉兔杵歌為誰而唱？

4 白鼻貓白尾貓奇異的身世

貓

黑貓白鼻，幸福無比
懶懶的窩在黑暗裡
引誘老鼠誤以為一個魚丸掉在那裡
傻傻的自投羅網
啊！一頓美餐
食來張口，毫不費力

黑貓白尾，才藝超群

靈巧的舞動著白玉長尾
觀眾看得如痴如醉
掌聲響起
白鼻、白尾，怎樣的來歷？
故事看出原委

小巷的夜，是貓的活躍時光。

「喵喵！兩隻貓黑不溜丟，可是不一樣就是不一樣！貓哥懶惰冠軍，貓妹勤奮第一！」貓咪們，經過黑貓的小屋前，總會嚷嚷叫叫，使巷子裡回音盪漾。

貓兄妹，一模一樣，乍看分不出誰是誰，全身烏黑，潑了墨似的，不過細看，誰是誰很好認，哥哥鼻頭有個雪花似的斑點，妹妹尾巴末端有個白玉般的圓環，於是白鼻、白尾成了牠們的名字。

白鼻是懶人轉世的，前世是個非常懶惰的人，整天不是睡覺就是打盹，吃東西要送到嘴邊，不咬也不嚼，囫圇吞，有一次噎到喉嚨，氣絕了！

懶人來到地府，閻羅王說：「年紀輕輕好吃懶做，罰你投胎當一隻貓！」

懶人連忙求情：「閻王啊！當貓我接受，可是請您給我當白鼻黑貓好嗎？」

閻王哈哈大笑說：「本性難移啊！看你還算滿乖的，准啦！」

白鼻總是靜悄悄的蹲在黑暗處，一動也不動，等待誤將白鼻看成飯團或魚丸的笨老鼠上勾，「嘴開擒來，囫圇吞下」，像極了前世的大懶人，不亦怪哉！

白尾呢？前世是勤奮的小螞蟻，出任務時總是帶頭往前衝，有一次，爬到枝頭花朵上，忽然飛來一隻鳥，要把牠當點心，小螞蟻一急快速閃開，雖沒被吃掉卻受重傷，無力的墜落水窟，奄奄一息，不巧又是一陣雷雨，牠斷了氣！

小螞蟻來到地府，閻王說：「好一隻勤勞的螞蟻！來世有好果報！」

小螞蟻興奮的歡呼：「來世，我要做人啊！」

閻王按一下電腦檔案，查一查小螞蟻的輪迴資料，然後抬起頭說：「嗯，輪迴做人的希望是有的，不過得經過生為一隻好貓。」

「好委屈喔！至少給我當一隻佩帶獎章的貓！」

閻王點點頭答應，從萬寶箱裡掏出一個潔白的玉環，輕輕抛給小螞蟻。

小巷出現了兩隻黑貓，白鼻的和白尾的，本來牠們兄弟姊妹一大窩，但是掉落水溝的、車輾的，被頑童抓走的，當媽媽讓牠們獨立時，只剩下白鼻和白尾。

白鼻吃好睡好，痴痴胖胖、肥頭肥腦，看似福泰高雅，卻一身是病，喵不出聲，更是笨手笨腳，別人瞧不起，自己也難受。

佩帶玉環的白尾，無時無刻不在想：「我該怎樣做一隻好貓，準備轉生為人呢？有人說：不管是黑貓、白貓，會捉老鼠便是好貓！可是我並不這樣想！」

白尾很清楚的告訴自己：「你下輩子可是要做人的啊！一個人最重要的

是要有智慧、有才藝啊！」

白尾立定志向說：「白鼻哥哥，我要出遠門學才藝、求智慧去了！你可要好好保重喔！」

「掰掰！我呢，懶得學什麼，求什麼！也懶得送你出門，你自己小心啊！」

白尾四處拜師學藝，有了「才藝貓」、「智慧貓」雙學位。牠念茲在茲的是下輩子轉生人間，一看見人類電視台徵求「才藝主播」，歡呼：「機會來了！」

報名了，主考人歡迎說：「好特別的應徵者啊！」

白尾通過一項又一項的特技測驗，把貓族的走鋼索、拋繡球、鑽小洞、跳高樓等等都表演得精采無比！

最後是智慧問答，主考人問：「你當上貓主播，要怎樣討得觀眾喜愛？」

「乾乾淨淨、漂漂亮亮、伶伶俐俐出現在主播台。」說罷，俐落的、優雅的乾洗臉龐，又細細的、輕輕的梳理發亮的毛，當牠笑咪咪的展示尾巴上那如玉的白環獎章時，贏得了全場熱烈的掌聲和歡呼！

主考人又問：「你當主播，對社會上敗壞的、扭曲的現象，有什麼祕密武器對付？」

白尾自信滿滿的說：「展虎威！」

觀眾一聽，不屑的說：「小小貓兒，展什麼威啊！」

不過主考人卻點頭說：「願看看你怎麼展！」

「虎威一展，不肖鼠輩手腳發軟！」白尾說罷豎起全身的毛，變成一隻老虎了！緊接著是驚天動地的虎嘯！全場觀眾嚇得後退好幾步，心虛的應徵者，還一屁股跌在地上呢！

主考人高喊：「了得！了得！威力十足！歡迎加入主播行列！」

白尾衣錦還鄉，迫不及待回到黑貓小屋，可是白鼻哥哥不見了，地上的紙條寫著：「妹妹，沒你的供養，我餓癟了！只好悄悄的走了！祝福你這輩子當一隻好貓，下輩子當個好人！至於我，只能投胎轉世，當隻勤勞的螞蟻，補回這輩子的偷懶了！」

智慧小問答

1. 白鼻貓、白尾貓，是怎樣出生的？
2. 白尾貓想當怎樣的「才藝主播」？
3. 你喜歡白鼻貓還是白尾貓？為什麼？

5 小龍馬歷險記

馬兒

馬兒乖
馬兒跑得快！
好想騎上你奔馳草原

迎著陽光，迎著春風
躍動的馬背，多好玩

馬兒高，馬兒漂亮！

我要餵你青草，刷你鬃毛，拍拍你的肩膀
我要說：馬兒，你是我的好朋友

小馬兒從母胎一落地，周遭立刻湧起熱烈的歡呼和加油聲。母馬莉莉也好，小主人珊珊也好，原野吹來的風也好，都盯著牠，用眼神，用喊聲鼓舞牠，龍龍果然不負所望，撐開四肢站起來了！

珊珊不禁興奮得熱淚盈眶，莉莉更無限慈愛的舔著龍龍溼漉漉的身體說：「龍龍啊！要爭氣！我們是光榮的龍馬族，生來就是要參加激烈的賽馬啊！」

珊珊無微不至的照顧龍龍，梳洗得全身亮出櫻桃般的光澤，尾巴更搓揉得像美女飄逸的長髮，眼眶也擦拭得明眸照人！更在馬蹄上蠟，使牠步伐輕快優雅！

這一切莉莉看在眼裡，多麼的感動啊！何況珊珊還天天選最青翠鮮嫩的馬草餵著牠們母子倆呢！

龍龍進入賽馬學校了，是勤奮的好學生，奔馳在跑道時，珊珊一家人都在看台上激動的歡呼：「果然是好馬！是明日之星啊！」

可是龍龍身體裡穿流著一股澎湃洶湧的血液，那就是嚮往廣闊的草原，憧憬著迎風奔馳的野性的快感。因此討厭圍繞牠的柵欄、限制牠的馬廄，蹦蹦跳跳、前踢後蹦，使性子表示不滿。有一天，龍龍壓抑不住發自本能的衝動，突然跨越柵欄，飛也似的奔向憧憬已久的草原。

巴達！巴達！草原是那麼寬廣，景色是那麼迷人！野花是那麼熱情的綻放！野鳥是那麼優雅的歌唱！龍龍豎起鬃毛，向空中的野雁打招呼：「我們來比賽，看誰先到達遠處那迷人的森林！」

野雁始終飛在前頭，龍龍不服氣，不甘願！狂奔森林，雉雞紅著臉咯咯叫著躲藏，五色鳥趕緊躲到高高的樹梢，就連太陽也很快的躲進西山。

莉莉一發現龍龍離家出走，唏唏！唏唏！大喊大叫，珊珊驚慌的騎上莉莉，飛快的追尋去。夜幕下垂，森林一片漆黑，龍龍孤單的徘徊林間，樹葉沙沙的響，貓頭鷹呼呼的叫，星星閃閃的眨眼，夜風颼颼的吹襲，龍龍膽怯了！

突然黑暗的樹叢間，亮出一對神祕的眼睛，龍龍慌忙豎起耳朵諦聽！

「吼！」不好啦！是花豹，媽媽說過的很可怕的，吃馬的魔鬼！龍龍拔腿就跑，頭也不回的拚命奔馳，果然脫離了花豹威脅範圍。忽然，眼前的樹枝上又亮出一對奇異的眼光。

「呼呼！呼呼！誰叫你自個兒跑到危機四伏的森林？而且又是烏漆麻黑的夜晚！」貓頭鷹詫異的問著迷途的小馬。

「森林，多麼令人嚮往啊！」

「嚮往就可以莽撞嗎？」

「那現在怎麼辦好呢？」

「好在我是見聞第一的森林博士，聽我的指點，提高嗓子，嘶鳴叫喊！相信在花豹找來之前，媽媽會先出現！」

「真的！」

「不要猶豫！我的順風耳已經聽到你媽媽和珊珊的聲息，我的千里夜視鏡，也看到她們身上發出的光譜！」

龍龍使出丹田之力，唏唏唏唏嘶鳴！聲音撼動森林，鄰近的樹葉還不住的沙沙晃搖！莉莉和珊珊都聽見了，不顧黑暗、荊棘、陡峭，風掣雷行飛奔，果然發現龍龍的身影了。可是飢餓的花豹，正躡手躡腳靠近，準備一躍撲向龍龍呢！

千鈞一髮！珊珊策馬飛奔，擋在花豹面前。花豹不願快到手的美食落空，一躍撲向阻礙狩獵的莉莉。莉莉早知有這麼一招，提起後腳猛力一踢！花豹在草地打滾，嚇得抱頭鼠竄，消失在叢林。

龍龍一行，迎著曙光回家。貓頭鷹點點頭輕聲說：「好一隻撒野的小馬，幸虧有勇敢的母親和小主人不顧一切搶救了牠。」

智慧小問答

1. 珊珊怎樣照顧她的愛馬龍龍？
2. 龍龍怎麼突然跨越欄柵奔向草原？
3. 龍龍的媽媽莉莉，怎樣找回了龍龍？

6 駱駝撒哈拉

駱駝

單峰、雙峰
一枝桅、兩枝桅
都是滿帆的沙漠之舟
滿載貨物，航行沙海
不怕熱風、不怕塵暴、不怕飢渴，萬里行舟
停泊時，還貼心的撐起駱駝牌陽傘
給主人喘息的蔭涼

撒哈拉是隻年輕力壯的好駱駝，因為出生在撒哈拉沙漠，陪著主人在撒哈拉過活，撒哈拉就成了牠的名字。

撒哈拉的主人穆里斯是位阿拉伯小商人，載運日常生活用品，像是糖、鹽、針線、衣物等等，穿過沙漠到綠洲上的村莊販售。

撒哈拉負重擔行遠路，不但從無怨言，而且很快樂，為什麼？因為小主人雅曼妮是位很貼心的女孩，餵牠香甜的水果，給牠甘美的泉水，親牠、撫摸牠，打掃牠的房間，還會唱歌給牠聽。

可是這些日子，撒哈拉變了，變得脾氣暴躁，當雅曼妮親牠，撫摸牠時，竟然毫不領情的躲開她，穆里斯來了甚至還要踢他呢！

穆里斯擔心極了，當撒哈拉背上大批貨物出門前，就對女兒說：「雅曼妮，這回你也一起出門，一路上好照顧撒哈拉。」

「好極了！」雅曼妮興奮的歡呼。

「唏唏！唏唏！」撒哈拉更是高興得完全忘了背上的重荷。

廣闊的沙漠，從這個綠洲往另一個綠洲，要經過漫長的沙漠之路，炎熱的太陽，滾燙的砂石，使得父女兩人汗流浹背、疲憊不堪，只有撒哈拉仍然昂首闊步，一點兒都不在乎。

千辛萬苦，終於來到小小的綠洲，這兒是休息站並不是目的地，快累垮了的父女兩人，趕緊躲進帳篷歇息。

這裡有一棵棵綠樹，樹下一排排帳幕，擺設桌椅、茶几，店主人親切的招呼著客人坐下來喝茶吃點心。

爸爸斜躺在舒服的長椅，不知不覺打呼睡著，雅曼妮放心不下撒哈拉，不住的往外觀察，忽然驚慌的衝出帳外。

「呀！不好啦！撒哈拉不見了！」雅曼妮緊張的東張西望尋找。

「撒哈拉，請你不要玩捉迷藏，在這陌生的地方，我哪兒找你呢？」

雅曼妮怎麼也找不到撒哈拉的蹤影，她極目眺望，也嗅嗅氣味，更尋找有沒有撒哈拉遺留的東西，譬如糞便之類。

「撒哈拉，你背著那麼重的行李，還能逛到哪兒呢？」

「啊！有啦！一定往那方向的！」

雅曼妮不愧是懂得駱駝的聰明孩子，果然發覺線索了，那就是一長排的綠樹，一路上都有被啃嚼的痕跡，還有些許葉片落在地上。

雅曼妮興奮的追蹤，來到濃密的一片樹林，林子裡成群的駱駝在歇息，有的站著，有的坐著，有的半蹲半坐，都是一副閒適的模樣，雅曼妮看傻了，找不出哪隻是撒哈拉。

「唏唏！唏唏！」撒哈拉眼看小主人的困惑，笑著說：「好高興喔！你終於找來了！」

「撒哈拉！害我找得好苦還在笑！」

「你們父女倆在帳幕裡歇息，還有說話聊天的伴，難道我就不可以找找朋友相聚一會兒？」

「真會耍嘴皮！你是怎樣躲到駱駝群裡的！」

這時駱駝群裡走出了一位挺拔的鬍腮男子，笑嘻嘻的說：「你的駱駝才不是躲藏的，是牠太寂寞了，興高采烈的來找伴啊！現在你得問問牠願不願意跟著你回去？」

「撒哈拉，求求你！跟我回去吧！」

撒哈拉怎肯捨棄好不容易遇到的「駱駝大家族」？長久以來藏在心底的「親情友誼」，起起伏伏的翻滾在心湖。

「唏唏唏！唏唏唏！」撒哈拉又想到從小雅曼妮就把牠當作喜愛的寵物，無微不至的疼愛！牠怎捨得親密的小主人？

鬍腮男子看出了撒哈拉不知如何抉擇的煩惱，還有雅曼妮切盼的眼神，快人快語，斬釘截鐵的說：「自個兒插隊的駱駝，你不屬於商隊啊！快快跟小主人回去！然後請你的主人早日為你匹配個終生伴侶。」

遠遠的爸爸也找過來了，三步併兩步的，急急忙忙趕來了。

那一天爸爸的生意特別好，一駱駝的貨物，光是在這龐大的商隊就全部銷售一空。爸爸高興的說：「雅曼妮，顧客們一看見爸爸帶著可愛的小公主，都歡歡喜喜的買我們的東西。爸爸該送你禮物啊！是買件美麗的衣裳？還是好玩的玩具？」

「不！那些我都不要！」

「那麼你到底想要什麼禮物？」

「給撒哈拉一個伴兒。」雅曼妮肯定的說。

不久以後，撒哈拉果真有伴了，是牠恩愛的新娘子卡蜜拉呢！

智慧小問答

1. 一向溫馴的駱駝撒哈拉，為什麼變得脾氣暴躁？
2. 小主人在哪兒找到失蹤的撒哈拉？
3. 雅曼妮希望爸爸給的禮物是什麼呢？為什麼？

7 熊寶寶的勳章

新月熊

泰迪熊、熊麻吉
憨憨的臉龐，胖胖的身體，柔柔的絨毛
是陪我長大的熊寶寶

可是長大了的我
喜歡的卻是佩帶新月勳章的福爾摩沙黑熊
因為牠幫著山神守護森林

愛和平、愛素食的牠
其實力氣大得無人能比！
別以為乖乖就惹牠生氣！

春姑娘悄悄的來了，輕盈的舞步隨著風兒旋繞在森林，她踩過的地方，樹木醒了，吐出新芽了，地上的小草也匆忙冒出小花了。

熊寶寶再也忍不住洞裡無聊的冬眠，不住的探出頭張望，等待媽媽的一句話，一個指示，可是媽媽卻始終昏昏沉沉，無精打采的模樣。

「媽媽！您怎麼了？難道沒聽見春姑娘親切的招呼嗎？」

「寶寶啊！對不起！媽媽生病了！全身無力的，恐怕你得勇敢的離開熊洞，離開媽媽身邊，自己找吃的東西了！」

「不！我不要！我不要媽媽生病，我要去找甜甜的，可以治好病的蜂蜜給媽媽！」

熊寶寶說聲：「掰掰！」不顧一切的衝出熊洞，憑著記憶往山麓，曾經是媽媽摘取蜂窩，取出蜂蜜給牠吃個樂不可支的地方去。可是經過一個冬天，山景變了，路徑陌生了，熊寶寶迷路了！

「熊寶寶，你要去哪兒？天氣冷冷的，要小心感冒喔！」畫眉鳥在樹上關心的問。

「找蜂蜜去！」熊寶寶應了一聲，頭也不回的趕著路。

「熊寶寶，一大早往哪兒？」啄木鳥叩叩的問著。

「找蜂蜜啊！」熊寶寶連頭也不抬的趕著路。

熊寶寶氣喘吁吁，終於累壞了，呆呆蹲在楓樹下茫然的看著蒼鬱的森林。過了一會兒，忽然聽到「嗡嗡嗡！嗡嗡嗡！」蜜蜂飛翔的聲音，熊寶寶驚喜的抬頭仰望，尋找蜜蜂的身影。

「蜜蜂小姐！蜜蜂小姐！請帶我拜訪你家好嗎？我要討些蜂蜜回去給媽媽治病！」

「熊寶寶，你說什麼鬼話呀！你們才不是討蜂蜜？是破壞蜂窩啊！裝什麼正經！」

「我道歉就是了！這次是真心用討的，救救我媽媽啊！她病得很重，只有吃了蜂蜜才會好！要不然出不了門，見不到春姑娘！」

「嗡嗡嗡！嗡嗡嗡！」小蜜蜂邊飛邊說：「我們自己都不夠吃的蜜，怎能奉送偷蜜賊！」小蜜蜂遠走高飛了，撇下茫然不知所措的熊寶寶。

熊寶寶頹喪的走在曲折的山徑，擔心著媽媽的病，牠想起去年冬眠，爸爸也是那樣全身軟趴趴躺在洞裡，奄奄一息，嘴裡唸著：「給我蜂蜜，給我蜂蜜，要不然我就恢復不了力氣啊！」

媽媽不顧一切衝出去，等牠找回一塊連帶著蜜和蜜蜂的幼蟲的蜂窩時，爸爸已經斷了氣。

「媽媽！媽媽！我要你活著，我不要你斷了氣！我一定要找到蜂蜜！」熊寶寶聲嘶力竭呼喊，奔跑。

躲在樹上枝椏打盹的貓頭鷹聽見了，憐憫的說：「熊寶寶，不用急，我告訴你，蜂蜜難找喔！為什麼不直接找花蜜？」

「喔！謝謝博士提醒，是不是花蜜也可以使我媽媽的病好起來？」

「當然！因為蜂蜜就是蜜蜂小姐採收花蜜去釀造的。」

「好！我這就找花兒去！」熊寶寶迫不及待，飛也似的跑到開滿野花的山坡，不管三七二十一，見到花就摘，塞滿嘴巴，銜著、捧著、抱著，野地的花被摧殘一大片。

「熊寶寶，你這是幹什麼呢？」附近的養蜂人家阿祥看不過去，趕過來質問。

「採花蜜回家釀蜂蜜。」

阿祥一聽，不禁捧腹大笑：「哈哈！哈哈！你真是傻得可憐喔！蜂蜜是蜜蜂才會釀造的啊！好好照顧花兒，當好護花使者，釀蜜的事交給蜜蜂去做。」

熊寶寶似懂非懂，不過牠心裡很急，急著要把蜂蜜帶回家。

「我要現在就有蜂蜜，才能救媽媽呀！」

「這是怎麼一回事？」

熊寶寶把熊媽媽病了的事告訴阿祥。

「喔！你孝心可嘉，何況你們台灣黑熊又是珍貴的保育類動物，救熊緊要，到我的養蜂場吧，送你一罐頂級蜂蜜。」

熊寶寶小心翼翼抱著蜂蜜往熊洞飛奔而去。

熊媽媽喝下甜滋滋的蜜，果然感覺一陣熱流從喉部往全身蔓延，於是逐漸恢復了氣力。

「啊！好甘美！好舒爽！可以重見天日，可以欣賞鳥鳴風聲，聞聞樹香花香了！」熊媽媽興奮的緊抱熊寶寶。

「媽媽，您好起來了！我要當志工去了！」

「什麼志工？」

「護花使者！」

「等等，媽媽也去！」

春花處處綻開的山林、原野、溪畔，護花使者的腳步，總是那麼的殷勤，贏得了百花歡欣的掌聲，山神看見了，頒給牠們最高榮譽的「新月形勳章」，讓黑熊親子抬頭挺胸，氣宇軒昂，當上超級快樂的志工。

智慧小問答

1. 小熊為了給生病的媽媽蜂蜜，一路上遭遇哪些困難？
2. 貓頭鷹博士告訴小熊什麼呢？
3. 養蜂人家阿祥，為什麼願送給小熊一罐頂級蜂蜜？

8 森林的特技達人

松鼠

擺動著蓬鬆的撢子
爬上爬下撢著樹上的灰塵
忽而這棵，忽而那棵
好勤奮，好活潑！

不禁想給掌聲
可是仔細一瞧，都是空撢
牠哪是清潔工

森林裡隱藏著具有各種各樣特技的「達人」，有的夫妻檔，有的家族成團，有的單獨表演個人秀，牠們是誰？蓬飄的長尾巴是引人注目的標誌。

達人們整天都在表演特技，不是為了掌聲，不是為了票房，不是為了娛樂別人，而是娛樂自己！就在揮灑自如的演技裡，感到身為「蓬尾鼠」的驕傲和自信。

可是當森林裡舉行「有為尾競賽」時，小松鼠偉偉卻意外的輸得慘兮兮，信心幾乎完全崩盤。

什麼是「有為尾競賽」？就是動物們比賽誰的尾巴最有用！

首先出場的是長尾猴，站在花籃圍繞的舞台，一躍，跳上高高的樹枝，靈活的尾巴迅速的纏繞枝幹，表演驚險萬分的「大車輪」，一圈一圈旋轉，像急駛的車輪，鼓起一陣陣旋風，把樹葉攪得沙沙作響！掌聲四起，歡呼雷動！

接著狗狗上台，表演種種擺尾方式，花樣百出，令人稱奇。大會主持人——長頸鹿小姐，一一問著觀眾，懂不懂狗狗的尾巴表示什麼意思？

哪有不懂的！柔和的上翹搖晃是親熱友好，無力下垂是悲傷沮喪，垂直下放是怒氣沖沖，上翹左右快速搖晃是興奮歡喜！

狗狗的尾巴就像在說著內心的話，表達豐富無比的感情，這樣有用的尾巴，使得觀眾們給予熱烈的鼓掌叫好！

再來是馬兒上台，梳理得亮麗的尾巴，像人間美女飄逸的長髮，多美！多高貴！主持人介紹說：「馬尾是人類所有女性豔羨的髮型，不只是美，用處可多著呢！」

說時，馬兒揚起長尾，拍了一下背，隨著一隻蒼蠅掃落地，動作乾淨俐落且優雅。在掌聲中馬兒向原野遠處奔馳，馬尾隨著快速的腳步，迎風起舞，藍天裡的飛鳥都驚嘆著嘎嘎叫好！

每個上台的歡欣鼓舞，趾高氣揚，身分似乎高貴了許多！蓬尾松鼠按捺不住了，興奮的蹦跳上台，心想：「憑我蓬鬆的尾巴，誰比得上我！」

想不到一上台噓聲四起！

「撢子尾巴又不能當撢子用！算什麼有為尾！羞羞！」

「一無是處的撢子尾，轟牠下台！」

小松鼠本來很有自信，但心慌之下，竟然腦筋一片空白，不知從何表演起，只有欲哭無淚的下台。

松鼠爸爸、松鼠媽媽，雙雙眼看孩子掩著臉羞於見人，心裡難過極了！牠們明明知道松鼠的蓬飄尾，是森林裡的超級標誌，是松鼠光榮的logo，可是卻一時說不上也使不上法寶好在哪裡？只有心急如焚！

「對！問爺爺去！」

松鼠爺爺神仙般的自個兒住在森林深處，看見樹梢一陣騷動，就知道誰來了，也知道為什麼事來著。牠老當益壯，優雅的站在大樟樹頂端，等兒孫們靠近了，中氣十足的喊一聲：「飛！跟我一起飛翔！」

說罷，一躍飛向距離十幾公尺遠的另一棵樹的枝葉間，那悠然的飛翔、姿勢的平衡、方向的準確，不就是靠那蓬逸的尾巴嗎！

小松鼠拾回了信心，回到比賽場地，趕上最後一場，演出了壓軸好戲，在林間跳躍飛翔，贏得全場熱烈激賞！小松鼠意猶未盡，輕巧的瞬間爬上樹頂，縱身一躍，滾落草地遁形林間，尾巴始終是特技的關鍵，於是「蓬尾鼠特技達人」的名聲傳遍了整座森林。

智慧小問答

1. 哪些動物興致勃勃參加「有為尾競賽」？
2. 垂頭喪氣的小松鼠，怎能拾回信心？
3. 說說小松鼠有哪些「尾巴功夫」？你想學會什麼「功夫」？

9 帥帥龜歷險記

綠蠵龜

好大好壯的綠蠵龜
不屑與驕傲自大的兔子玩賽跑
卻樂意讓我騎上背
漫步在美麗的島嶼那無汙染的陽光海灘
還絮語綿綿敘說海洋的浩瀚
海龜生命的久久長長

綠蠵龜媽媽抱著一百多個小卵子，千辛萬苦一步步爬行，來到遠離浪花的沙灘，懷著無限的盼望，把心愛的卵子產下來，直到一顆顆潔白而溫潤的卵子滿滿堆成一窟窿。

媽媽輕撫著每顆卵子叮嚀：「耐心等待孵化的日子成為帥帥的小綠蠵龜，然後勇敢回歸海洋，媽媽在那裡等著你們！」

說罷四腳並用，靈活的扒著砂，把卵子掩埋起來，最後又用胸甲壓緊沙子，一切妥當了才依依不捨，一步一回首，離開沙灘回到海洋。

窟窿裡的卵子由暖暖的，攝氏二十五度上下的陽光孵著，經過漫長的五十個日子，有個夜晚，可愛的小綠蠵龜終於陸陸續續破殼探出頭，然後爭先恐後鑽出沙土，睜大眼光驚奇的凝視月光下的海灘和吼聲不斷的浪濤。

「啊！我們這一窩是男生女生各一半，總共一〇八個同胞兄弟姊妹啊！」最先探出頭的帥帥哥雀躍歡欣呼喊。

「難道還有全女生和全男生的嗎？」爭先恐後孵化的弟妹詫異的提問。

「對！溫度比較高的窩，孵出的全都是熱情的女生，溫度比較低的窩，孵出的全是冷靜的男生。」

「奇怪？怎麼會這樣？」

「不管怎樣，沙灘上所有的綠蠵龜窩，孵出的小龜總共加起來，就是男生女生各一半，怪不怪？自然生態真的很神奇！」

「兄弟姊妹們！該出發了！越過沙灘，衝進大海，尋找我們親愛的媽媽去！」帥帥哥好像身負重責似的急忙催促。

可是有個弟兄卻不滿的說：「你看，樹上的小鳥也是從卵孵化的，可是牠們卻集爸媽的寵愛於一身，又餵食，又保護，而我們呢？」

「是爸媽不要我們了是不是？」

小綠蠵龜們七嘴八舌，說著說著，有的傷心落淚，有的情緒激昂。可是帥帥哥仍然冷靜的說：「這是考驗，通過了，就會長大成為世界上數一數二的偉大動物，而且快樂的活得長長久久。」

「勇敢接受考驗吧！這是千年萬代，祖先留下的規矩，誰也逃避不了的命運！」

「對！怨天尤人，尤其是埋怨爸媽，那是絕對不可以的！」

「可是，不管陸上、海上，魔鬼都會四面八方襲來，怎不害怕呢！」

「魔鳥滿天飛，毒蛇滿地爬，我害怕！」

帥帥哥一聽弟妹們滿懷恐懼的聲音，突然想起了還在媽媽懷裡的時候，聽見母親不間斷的「愛的心語」，那是透過臍帶，血脈相連的話語。

媽媽說：「孩子啊！幸福和榮耀是留給大無畏的勇士的！當你出生時，媽媽雖然不在你身邊，可是媽媽卻留下勇氣的基因陪伴你！你要憑著勇氣完成我們綠蠵龜一族，初生的考驗，衝破危險，投入大海母親的懷抱啊！」

媽媽的聲音是那麼的清晰，那麼的殷勤，那麼的懇切！

「孩子啊！大海是任憑我們遨遊的家園，有的是鮮美豐盛的海苔、海藻、海草，二十四小時的泡湯和三溫暖，高山綠林讓你攀爬，爭奇鬥豔的珊瑚任你欣賞，我們活得快樂又長壽，千年鶴萬年龜，人們羨慕不已！

「孩子啊！千萬要勇敢！苦難只是片刻，我們祖先的智慧超越任何生物，寧可小時候接受苦難，也要追求永恆的幸福，縱使因此喪失生命也在所不惜！」

帥帥哥的心湖，一時充滿了在母胎時媽媽啟示的祖傳的話語。

那是個無風也無雨的夜晚，朦朧的月光高掛天空，帥帥哥率先躍出窟窿，不住的喊叫：「啟程了！勇士們！衝向大海母親的懷抱吧！」

小綠蠵龜們，被帥帥哥的心語感染，也陸陸續續從散落在整片沙灘的，無數的窟窿，像躍出戰壕，衝鋒陷陣的勇士，毫不畏懼的前進，參與驚天動地的大行動。

帥帥哥不愧是冷靜的勇士，和著浪花的節奏一程又一程匍匐前進，夜風涼爽的吹撫，浪濤一聲聲的呼喊，終於攀住了滔滔白浪的手臂，也投入了藍藍的大海，夜悄悄過去，天色漸漸發白，不知何時，天空飛來了一群群魔鳥，都把小綠蠵龜當作狩獵的目標，真是可怕的阿修羅場啊！

「快！乘風破浪，游向更遠更深的外海，躲過海鳥們的狩獵！」小綠蠵龜們互相勉勵，互相督促，不停的游呀游，向招呼牠們的海母親懷裡投靠。有些小綠蠵龜體力不支，任憑波浪撥弄，有的連氣都要喘不過來了。

當大夥兒灰心氣餒的時候，忽然浪濤裡傳出了莊嚴的言語：「小綠蠵龜，不要害怕！不要退縮！不要停止游泳！大海伸出胳臂迎接你們！海是你們溫馨的家園，縱使你不幸到不了家，也不必傷心，因為我在禱告，我在向上天祈求，讓你的靈魂升上天，變成晶瑩閃亮的星星。」

「謝謝大海母親，如果我上了天，希望是一顆發出金光的星星。」

「我要變成綠光的星星！」

「我要變成紅光的星星！」

雖然眼看著前後或身邊的夥伴，瞬間被魔鳥叼走了，但小綠蠵龜們不再害怕，也不再流淚，只有默默祝福牠們都變成牠自己喜歡的星星。

果然天上飛的海鳥，在小綠蠵龜眼裡，不再是魔鬼，而是帶著友伴們飛向星星世界的天使了。

小綠蠵龜連續游泳一整天一整夜，發現夥伴們都各自分離，帥帥哥孤獨一個，舉頭無親，海鳥也不見了，但敵人卻來自海中，鯊魚張開大嘴追逐，旗魚迴旋著迫近。可是帥帥哥也不是好欺負的，靈活的躲避，有時躲進海草叢中，有時藏在珊瑚洞裡，憑著勇氣和智慧，繼續尋找媽媽去。

不知不覺中帥帥哥成長了，是二十出頭的真帥哥了，牠聽說台灣是個文明國家，那兒的人特別有愛心，把瀕臨絕種的牠們列為國家保育類動物。

有一天，帥帥哥來到澎湖望安近海，邂逅了心目中的美眉正妹，勇敢追求真誠告白，在陽光的見證，海洋的祝福下舉行婚禮。牠們知道這裡的沙灘，對綠蠵龜最友善，乾淨的海洋有的是豐富的海藻、海草、海帶，是度蜜月和繁衍子孫的溫暖窩。

有一天帥帥哥濃情蜜意的目送親愛的妻子美眉妹上岸產卵去，帥帥哥相信自己心湖裡盪漾的漣漪和密碼，一定會緊緊跟隨卵子，傳承給子子孫孫，尤其在湛藍的台灣海峽，有的是人們生態保育的愛心，更會受到祝福和保護，因此，也就放心的回游大海，繼續過牠悠然自得的幸福日子。

智慧小問答

1. 剛出生的綠蠵龜要冒怎樣的險才能到達海洋？
2. 冒險成功，得到的賞賜是什麼？
3. 澎湖海域，為什麼是綠蠵龜繁殖的樂園？

10 雲端好歌手

雲雀

仙樂飄飄迴旋雲間
詫異的抬起頭諦聽
原來是雲雀的歌聲
難道真是天女的化身？
一曲又一曲
高歌在晴朗的天空

我是雲雀，又叫百靈鳥，有這麼優雅又靈巧的兩個好名字，你一定很羨慕吧！可是當你見到我的盧山真面目，一定會覺得很失望。

「呀！這麼渺小單薄，土土的顏色，素素的羽毛，雖然有條紋卻一點兒都不顯眼！還好，有點兒活潑！」

不過請你不要太早下評語，鳥是不可以外貌來衡量牠的才華啊！聽聽我唱歌，你一定驚訝的說；「呀！天下第一高音，是從天上學來的吧！要不然怎麼都在雲端高歌？」

只要你稍稍讀一點兒人類的文學作品，就會知道我是他們詩歌中最熱門的鳥類，是詩之鳥，鳥之歌王啊！

我為了把「天樂」，唱給全世界所有眾生欣賞，勤奮的在冰凍寒冷的極地，和豔陽普照的亞熱帶之間，來來回回跑場，人們都說我是紅透全球的歌手。

不過說我是「歌手」，未免有些低估呢！噯！說下去恐怕被誤會高抬自己，且從我的身世說起。

我本來是平凡又平凡，卑微又卑微，不起眼又不起眼的，小小鳥兒啊！

當初，我們雲雀，只會徘徊田野間，左顧右盼，辛勤的一心一意尋覓食物，為了踩在水田，腳變得長長的，為了捕捉小蟲，嘴喙變成尖尖的，為了不被天敵發現，顏色灰灰土土的。

稻禾、野草、飛鳥、走獸，都是我們身邊的好朋友。那個時代，我們引以為傲的並不是歌喉，而是近乎神通的超級視覺和聽力，明亮的眼睛，看得見花草樹木的精靈，聰敏的耳朵，聽得見小精靈們的絮絮細語，甚至可以感覺他們心裡盼望的是什麼？

我們看見蒲公英在野地開花，像一枚一枚金黃的小勳章，有一天勳章變成天燈，不！是渾圓的飛碟！輕巧的離開基地，往又高又遠的天空航行。

我問駕駛飛碟的蒲公英精靈：「你們的目的地呢？」

「遙遠的，美好的天堂，雖然看不見，但在理想中。」

我擔心他的路程遙遠，好奇的問：「如果飛不到呢？」

「那就落土發芽，讓我的子子孫孫，繼續飛向理想的國土！」

「我懂了！」我祝福蒲公英精靈。

我們也看見向日葵開著好大好大的花，他的精靈像可愛的小天使，綻開燦爛的笑容，把綠葉傳過來的，大地上許許多多小草、小蟲的消息，向太陽公公傳達。

野百合更酷了，托著一盅盅，手拉坏的純白的瓷器酒杯，裝著自釀的醇美的百合酒，杯口朝上，向雲朵背後的天人恭敬的勸酒，可是天人沒伸手來接，野百合手酸了，杯口傾斜了，瓊液流出了，旁邊的樹木、青草貪杯，立刻張開大口喝得光光，怪不得那兒的樹枝、草葉，都在風裡醉醺醺的狂舞。

野百合無奈的說：「啊！不知到了何年何月何日，我想向天人敬酒的心意才能傳達天上？」

看著野百合精靈失望又無奈的神情，我不知怎樣安慰才好。

「唉！身為鳥中情聖，洋溢著愛心的我，怎可對野百合的心痛，置之不理呢！更何況，還有許多花花草草的精靈，也熱切的要自己的心意和心聲直達天上啊！尤其是詩的生靈——人類，更無時無刻不在盼望與天國靈犀一點通呢！」

「啊！有了！引亢高歌吧！把我那最真摯，最熱情，也最浪漫的情歌，當作替野百合和所有花花草草傳達情意的信箋吧！」

從此，我每天高高興興的聲聲啼叫著飛上雲端，縱使天空無邊無際，可是我還是努力的飛，拚命的衝，要飛上天人的世界，在天上、人間互通信息！我的許多朋友都加入信差的行列，久而久之，成為全體族群的神聖使命。

我們的歌聲愈唱愈亮麗，和著風聲、蛙鳴、溪流、笙歌，唱得草木欣欣，

花枝春滿，天心月圓，於是地上的人說我們是帶回天樂的雲雀，飄浮藍天的雲說我們是祝頌天地恩慈的百齡鳥。

智慧小問答

1. 為什麼說「鳥不可以貌相」？人呢？
2. 雲雀引吭高歌，為了什麼？兩頭想：牠的本能、你的想像。
3. 你看過雲雀嗎？你會給牠取個怎樣的名號？

11 土地公的女兒

蛇

長長的蟲
吐著紅紅的舌
好噁心！好可怕！
有毒
魔鬼的替身
無毒
土地公膝下承歡的好女兒

農夫田間除害蟲的好幫手

淳樸的農村，田頭的土地公廟，土地婆埋怨說：「老公，多少年了，始終兩個老人並排而坐，膝下無子女，真希望有個貼心的女兒啊！」

其實這個心願，對祂倆來說，要兌現，易如反掌！天底下的飛鳥走獸，包括五顏六色的昆蟲，誰不想當土地公的女兒？那是多麼神氣、多麼高貴的身分啊！

消息一傳出，土地公廟可熱鬧了！什麼蟲兒、鳥兒、野獸，有志一同，把廟前小小石桌當成伸展台，早晚走秀，盼望獲得青睞。

照說名單應該很快揭曉，可是難啊！兩老實在太挑剔了！土地公說：「我喜歡小松鼠，那晶亮的眼睛，多機靈！那上上下下、跑跑跳跳的動作，多活潑！讓牠帶著雞毛撢子常來清潔房間，多好啊！」

土地婆哼了一聲，不屑的說：「土里土氣，灰頭土臉，有什麼好？那雞毛撢子嗎，又臭又髒！」

「那你喜歡誰？說說看！」

土地婆從門口，凝神往外眺望，眼睛盯在雨後初晴的天邊那美麗的彩虹，喜孜孜的說：「就是她，我要她當女兒！」

「說什麼呀！作夢嗎？嫌松鼠土，那就選常來樹梢囀啼的五色鳥吧！一身亮麗，叫聲又嬌滴滴。」

「什麼五色鳥，我才不欣賞，那傢伙一來，準是不停拉屎，拉得門口『積糞』難消啊！」

「不要一口否定牠，廟旁、廟後遮陽遮雨的鳥榕，還不是牠帶來的種子！」

「我不要就是不要，我就是討厭拉屎。」

「難哉！哪種動物不拉屎，包括人類。」

「不難！選彩虹不就定案了嗎！」

「開玩笑！她是天女的隨從，人家高高在上，怎能當你的女兒！」

「那就乾脆叫天女作我們女兒。」土地婆認為是妙計，不禁哈哈大笑！

「想得美！先秤秤自己有多少斤兩！」

土地婆被虧了，一臉不高興，抿著嘴默默不語，土地公更是表情凝重的閉目養神。

看似寂靜的廟宇，風聲、蟲聲卻格外響亮，尤其是不知怎樣選女兒的公婆倆，內心更是七上八下的，有著莫名的不安。

「唉！何年何月何日可以找到貼心的好女兒呢？」土地公長吁短嘆。

「唉！承歡膝下，面對面牽著手談心的乖女兒在哪裡呢？」土地婆幽幽的說。

「哈哈！哈哈！你愛的女兒不是天邊的彩虹，天上的天女嗎？怎麼會繞膝承歡、攜手談心呢？」土地公帶著嘲諷的口氣說。

「對啊！我怎麼總是胡思亂想！」土地婆也感覺自己有些狂妄。

悶熱的黃昏，廟裡蚊蠅嗡嗡響不停，要是別人肯定受不了，可是土地公、土地婆卻毫無感覺。

「誰替我們趕蚊子、拍蒼蠅？」

「如果不是身邊的乖女兒怎能做得到？」

「是的！我一直都在您身邊。」

輕柔嬌嫩的聲音就在身旁，可是睜大眼睛四周尋找的土地公土地婆卻什麼都沒看到。

「怪了！是誰？」

「是我，盼望當您女兒的小草蛇。」

乖巧貼心的草蛇，常常窩在田頭田尾的土地公廟，為的是孝敬土地公爸爸、土地婆媽媽，守在祂們身邊趕蚊子、拍蒼蠅，後來乾脆把蚊蠅統統吞下肚子。可是粗心大意的土地公，活在夢幻裡的土地婆，竟然一直沒發覺乖女兒就在身邊。

那天傍晚，有位媽媽牽著小小年紀的兒子來拜拜。媽媽雙手合十，念念有詞，調皮的孩子一雙眼睛咕嚕嚕的打量土地公、土地婆身上的服飾，忽然說：「那是布袋戲的人偶嗎？」

「亂講！打你的頭！」媽媽作勢，沒真的打。

「呀！蛇！好可怕！」

「又是亂講，不是蛇，是土地公的女兒。」

「我沒亂講，明明是蛇。」孩子抗議。

土地公土地婆聽了，趕緊回應：「媽媽和寶寶都說對了，是小草蛇沒錯，可是她也是我們的乖女兒啊！」

小草蛇高興的爬上爸媽的膝上，兩眼流露無限孺慕的情意，直盯著土地公土地婆，兩老更是滿臉慈祥的笑容，任憑小草蛇盤繞身上。

「啊！沒錯，真的是土地公土地婆的女兒！」

親子間才有的溫馨畫面，使小男孩很肯定的認為小草蛇是土地公、土地婆愛惜的掌上明珠。他為不起眼的

小草蛇祝福，也給土地公、土地婆按個「讚」。

日子過得很快，那按「讚」的小男孩長大了，成人了，「田頭田尾土地公廟」變成「街頭街尾土地公廟」了！不幸的是土地公的女兒卻不見蹤影了。兩老牢牢記著擁有過的日子，那貼心的女兒繞膝承歡的每個日子。

土地公土地婆託請來訪的風兒，尋找女兒的下落，也托夢給農夫，問他田間草叢曾否看見小草蛇的身影？

風的回信，農夫的回應，都帶給土地公土地婆心痛和失望。他們說：「不要說小草蛇，方圓幾百畝田地，任何蛇的影子都不見了！」

風安慰說：「或許在很遠很遠的無汙染的土地，還找得到您二位老人家懷念的乖巧女兒。」

「無污染的土地？難道這兒的土地都受到汙染了？」

「是的！呼嘯的汽車帶來空氣汙染，尤其是田園的農藥，使得許多蟲蛇、鳥獸的生存都受到威脅，甚至不見蹤影。」

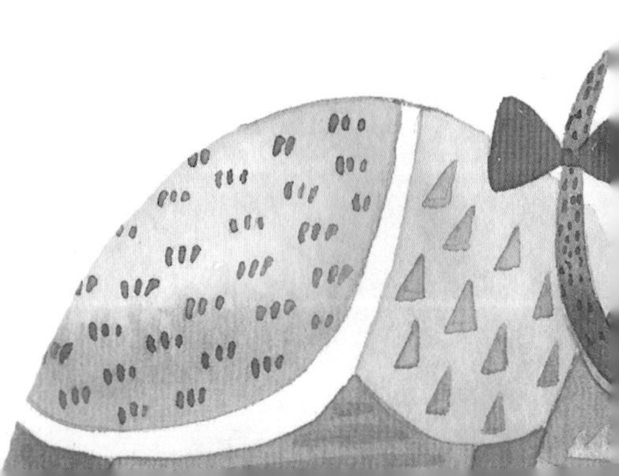

「喔！我們瞭解了！要貼心的乖巧女兒回來這裡，不如我們逃離這兒，到那無汙染的樂土去，我們的草蛇女兒，一定翹首企盼，等待我們去找她呀！」

土地公土地婆的靈氣悄悄脫殼而出，在風的引導下來到有機農場和廣闊原野，終於親子相會，無限喜悅的在那兒過著溫馨的日子。

至於「街頭街尾土地公廟」的土地公和土地婆呢？自從靈氣出殼之後，就只剩個木石雕像留在那兒任人燒香膜拜。

智慧小問答

1. 土地公、土地婆選女兒，怎麼難以選定？
2. 後來怎麼選上了小草蛇？
3. 現在土地公的女兒小草蛇都不見蹤影了，為什麼？

12 滿月圓山的猴媽媽

猴子

調皮搗蛋的傢伙
連褲子都玩破了
露出紅紅的屁股

到處爬上爬下
有時滿臉怒氣
有時滿嘴傻笑

銳利的眼睛
時而亮麗，時而渾渾沌沌
搞不清楚腦子裡想著啥事？

儘管猴崽子調皮
可是猴媽媽一點兒都不含糊
請聽這故事你就豎起大拇指

人跡罕至的疊疊深山，有座「水蜜桃山」，顧名思義，是栽種又香又甜，又紅潤可愛的水蜜桃的一座山。

不過對獼猴們來說，牠們心目中另有一個美麗的名稱，道道地地、原原本本的山名——滿月圓山。

山形圓圓的，活像滿月掛在山頭，整座蒼鬱的山林，處處結著累累樹果、淙淙穿流著山溪碧水，是猴子們嬉戲林間，溫飽又快樂的家園。

可是不知何時，來了一群「篳路藍縷，以啟山林」的墾荒者，砍伐樹林、焚燒草叢，種植他們的果樹後，一切情況都不一樣了！那高經濟價值的「超級水蜜桃」，給墾荒者帶來財運，卻給猴群帶來厄運。

「吱吱！吱吱！野果是上天賞賜我們的糧食，可是樹林不見了，溪水也不鮮美了，總是滲著濃濃的藥味了，這不打緊，蠻橫的人類還滿山遍野放出狼犬巡邏，難道要逼我們逃向光禿禿的滿月圓山頂？」

「不！是要逼我們從山頂逃向天上的月亮去啊！」

「果真有通路，月亮是好去處！」

獼猴們你一句我一句，有哀嘆，有幻想，就是沒盼望，也沒有願景！人類呵護的，鮮紅的果實、蟠龍似的果樹，很快的從山麓延伸到山腹，棲息山林的獼猴失去了家園，無奈的逐漸遷移靠近山頂背面的懸崖，尋找安身之處，卻不知哪裡尋覓充飢的野果？

猴媽媽珠珠，以寶珠般明亮的雙眸、柔軟飄逸的一身金毛，贏得猴群第一美人的榮耀，原本她想當滿月圓山的名模，可是現在她的工作卻是「珠珠孤兒院」的院長。自從擔當這「勞苦功高」的職務後，她的眼珠不再明亮了，毛色不再金色閃閃了，滿臉愁容，為的是孤兒急速增加，嗷嗷待哺！

饑荒襲擊著猴群，迫於無奈，只好把覓食的目標轉向水蜜桃，可是每當猴媽媽為孩子冒險偷摘時，雖然躲過了狼犬的爪牙，可是一不小心碰到果園周圍的鐵絲網，哎呀！觸電了！一聲慘叫，掉落地上氣絕了，狼犬無情的撕裂她的身體，於是她的孩子又是「珠珠孤兒院」的院童。

為了給院童溫飽，珠珠費盡苦心，四處張羅，有一天，她有了重大的發現，高興得幾乎要狂叫起來。原來是水蜜桃的園丁，為了要更進一步拓墾，在鐵絲網的小小角落，網開一面，悄悄闢出了個出入口以便運來機械。

「趁著他們不注意，帶著孩子們偷偷溜進果園，吃個飽飽！順便也帶些回家，給出不了門的幼猴充飢，說到做到，行動要快！」

珠珠毫不猶豫，帶領所有走得動的院童，組成突擊隊，不聲不響，避開園丁和狼犬的耳目，躡手躡腳，穿過了通道，進入果香滿溢的園圃。珠珠媽媽一比開動的手勢，餓瘪了的小猴，爭先恐後，迅速爬上樹，大快朵頤。

牠們的行動雖然隱密，卻逃不過穿梭巡邏的狗狗，幾隻狼犬一發現蹊蹺，立刻狂吠不已，持槍的園丁很快的聞聲趕來。

「可惡的猴仔！竟敢侵犯我們珍貴的水蜜桃！先給個顏色看看！」帶隊的園丁站好姿勢，端起了槍。

「咦？怎麼都是這麼小的傢伙？」

「大的只有一隻。」

「是猴媽媽帶著她的孩子們來的！」

「一定是餓壞吧！要不然怎會顧不得危險，忘我的吃著！」

那帶隊的放下了槍，園丁們彼此交談了起來。

可是卻有個園丁著急的跺腳說：「快啊！快射擊！看牠們那餓鬼般的吃相，不要多少時間，水蜜桃就損失慘重喔！」

「砰砰！砰砰！」槍聲大作，可是小猴仔們難得美食在前，怎捨得逃！況且園丁的槍是朝空發射的。

「不打死幾隻恐怕嚇不走牠們！」

「砰！」一聲，一隻正吃得起勁，嘴裡塞滿水蜜桃的小猴仔，哀鳴著掉下，鮮血染滿草地。

珠珠狂呼驚叫，催促孩子們逃生，可是糟啦！通道已關閉，無處可逃！機警的珠珠立刻發現園外一棵大樹，枝葉伸展園內，憑她的能耐，可以攀著樹枝用力一盪，逃出去！可是小蘿蔔頭們呢？沒這本事！

「對！我一手攀著園裡的果樹，一手拉著伸進來的樹枝，當作速成的橋梁！」

珠珠的「肉身橋」果然讓小猴們一隻隻平安逃出，可是過程好漫長！珠珠忍著手臂的酸痛、全身的疲憊，咬緊牙根，數著多少心愛的孩兒已經逃離，當她數到最後一隻的剎那，已全身無力，只能微弱的聲音呼喊著中槍的孩兒，然後噗通一聲，跌了下去，跌進岩石嶙嶙的谷間。

持槍的園丁們都看傻了眼！沒人出聲，沒人動作，啞口無言，目視母猴救兒的壯烈過程，當珠珠苦撐到最後，劃著直線墜落時，園丁們不約而同，肅然立正，莊嚴的行隆重的持槍禮。

智慧小問答

1.「珠珠孤兒院」是怎樣來的？

2. 猴媽媽珠珠怎樣營救小猴子們？

3. 為什麼珠珠墜落時，園丁們都肅然立正行禮？

13 珠龍瀑驚魂記

螞蟻

一隻螞蟻像3，一隻螞蟻像8
像3又像8，真是38
38383388，果真是38

好多好多的38
抬著好大好大的鍋巴
嘿喲！嘿喲！
齊一步伐，好像不是38

小怡是勇敢的小戰士，一向擔任狩獵部隊的前哨搜索兵，每次出任務，都冒險犯難，偵察出獵物的行蹤，迅速回報，很得部隊全員的信任和倚重。

可是最近這些日子，派往四面八方的搜索兵，常常傳來一去不回，悄然不知所終的事件。牠們偉大的母親——蟻后，很是擔憂，於是指令部隊，搜索兵要從過去的單槍匹馬，改為雙兵制。

小怡和瑪莉，一直都是意氣相投的好朋友，雙兵制一推出，最高興的就是牠們兩人，並肩而行，形影不離！

搜索，在牠們是再喜歡不過的遊戲，不管往平原、往山林，或往村莊，每次都有新奇的發現、豐富的斬獲。

有一天，搜索路上，兩隻螞蟻邊走邊談：

「呀！多麼可愛的跳格子圖，我們玩玩再走！」瑪莉站在一枚半腐爛的葉片上，注視明顯浮現的葉脈驚叫著。

「哪是跳格子圖！是神祕的尋寶圖啊！」

兩隻螞蟻玩著、跳著、奔跑著，笑聲連連！

「不要玩過頭！趕快往前繼續搜索！」

走呀走！前面是小溝，不！在螞蟻來說是大河！

「怎麼渡過去？」

「回頭，繞過大河！」

「不行！耽誤時間，無法完成任務！」

原先快快樂樂的兩張臉，變成愁眉不展！

這時，秋風吹起，楓樹沙沙響，紅葉飛舞著飄下來，有一片格外嫣紅的，落在兩隻螞蟻眼前的水岸。

「呀！天上掉下來的禮物，一葉扁舟！」

兩隻螞蟻上了船，又是一陣微微的風，輕輕的把船推向彼岸。

走呀走！肚子有些餓，更是好口渴！勇敢的姊妹兵，東張西望，尋找解渴解餓的，忽然一陣清香撲鼻而來。

「好香，好迷人喲！」

「我們是嗅覺第一的好鼻師，快找出香氣哪兒來！」

兩隻螞蟻飛快的上了陡峭的懸崖，爬上林木蒼鬱、奇花異草滿布，從來沒來過的陌生森林。

「好像到了魔幻世界！」

「似乎要發生什麼怪事的感覺！」

兩隻螞蟻在陽光透過樹梢，金光點綴的林子裡，聞到了濃濃的花香，而且也聞出了香中之香，忍不住要多吸進幾口的，那種誘人的香。

「哪兒來的？好爽的香！」

「快！快找出來！一大發現喲！沒人不喜歡的香啊！」

兩隻螞蟻鑽過來鑽過去，無論如何都非找出香味的來源不可！因為這是不得了的大發現，造福整個族群。

「喔！從那兒來的！」

小怡和瑪莉抬頭看見布滿青苔的岩石間，竟然有一座奇特的壺屋，牆上用不同顏色的蘚苔標出蒼勁的字：「珠龍澡溫泉歡迎你！」

「是溫泉耶！」
「我們螞蟻不泡湯的！」
「不泡湯，沒關係！蒸氣浴，解除疲勞！」溫泉那兒傳來親切溫柔的招呼！
「好！我來囉！」瑪莉興致勃勃，小怡緊跟後頭。
「好大的溫泉池！好美的水色！像一大缸奶水！」
「喲！有人先馳得點，已經舒舒服服泡在那兒！」
「是臭青龜啊！爽嗎？青龜大哥！」
「嗯！好爽！說是泡了就不臭，會變成人見人愛的香青龜！」
「泡多久了？」
「沒多久，愈泡愈是昏昏沉沉的，像墜入迷迷濛濛的夢境，又像飄飄然在雲端……」
臭青龜的聲音愈來愈微弱，不一會兒，完全昏迷了，六腳朝天，肚皮浮出，像隻翻覆的帆船。

這時突然從上方的綠葉滾落幾滴露水，灑在兩隻螞蟻身上。

「呀！誰？敢欺負我們！」兩個小戰士姊妹往上看，不見人影，只有細細的聲音傳過來。

「不是欺負！是先沖乾淨你們滿是灰塵的身體，好讓你們舒舒服服進入溫泉，這樣我才不會害胃腸病啦！」

「把我們沖乾淨，跟你害胃病有何干？」

「不！不！毫無干係！是我說溜了嘴，對不起！客倌，毛巾給你！」

於是上邊飄下一枚枯黃的葉片。

「什麼毛巾！硬繃繃的怎麼擦拭？」

「躺在上面滾啊！」

兩隻螞蟻照做，果然全身乾乾淨淨了。

「快啊！溫泉暖和和的，請快入浴！我的胃口正好呢！」

「我們入浴泡湯，跟你的胃口何干？」

「咦！沒什麼！不相干！不相干！我又說溜了嘴！請你們爽爽快快進入溫泉就對了！這樣你們就可以不知不覺離開紅塵滾滾的凡間，到那再也沒有苦勞的世界去了！」

「咦？你說什麼？我聽不懂耶！」小怡和瑪莉同時發出疑問。

「簡單的說，這珠龍澡溫泉有神奇的作用，帶你們聞著迷魂香進入仙境啦！是仙境呢！」

兩隻螞蟻正在猶豫遲疑時，溫泉屋突然左右劇烈搖晃，溼溼潤潤的池岸站不穩，小怡和瑪莉雙雙滑落池中。

小怡跌在臭青龜的肚皮上，瑪莉卻掉入池水中，不懂水性的瑪莉，踩不到底，慌亂的掙扎，小怡使出全力拉拔，可是全身浸水的瑪莉，重得像鐵鎚，自己爬不上，小怡也幫不上，掙扎、拖拉、驚慌、哀嚎，然後瑪莉的手軟趴趴的往下垂，小怡也全身又酸又痛，趴在臭青龜肚皮上，氣如懸絲！

「哈哈！哈哈！睡吧！睡吧！我的小乖乖，當你靜靜睡熟了，你和我就逐漸合為一體，你是我的糧食，你是我的滋養，我的胃擁抱你，直到永永遠遠！」

那聲音多陰沉恐怖！趴在臭青龜肚皮上的小怡，從睡夢中驚醒，瑪莉已經完全沉入混濁的溫泉池，只見水中黑影幢幢。

「不行！絕不能這樣倒下去啊！我是搜索兵，勇敢的鬥士，就是剩我單獨一兵一卒，也得貫徹任務，把這趟驚奇的遭遇帶回去，告訴母親啊！」

「啊！有了！有救了！」

小怡發現臭青龜長長的觸角，像高聳的船桅，伸向溫泉上方接在池岸。小怡奮不顧身，使出蟻族特殊功能，一步一步攀緣而上

跌跌撞撞的，小怡回到了蟻穴，戰士們立即把牠抬進穴裡見母親大

人——慈愛的蟻后。

蟻后無限疼惜的說：「我勇敢可愛的戰士啊！辛苦你了！可憐的瑪莉犧牲了是不是？」

「是的！」小怡已泣不成聲。

蟻后安慰說：「不過犧牲有價值，讓我們得了訊息，小心那叫什麼來著的溫泉！」

「是珠龍澡溫泉。」小怡忍住悲痛說。

「請我們無所不知的螞蟻老博士來吧！我要問他珠龍澡溫泉，到底是地獄還是天堂？」

博士來了，頻頻點頭聽著小怡的說明，聽完了說：「小怡啊！你說什麼『珠龍澡』，那就奇怪了，請你好好再說幾次！」

「不會錯的，瑪莉也看見了，牆壁上明明寫著斗大的字。」

「不管字有多大，你儘管用說的！」

小怡聲音哽咽的說：「珠龍澡！豬龍袍！豬公早！豬公跑！豬公吵！豬

籠草！」

「停！說對了！就是豬籠草！」博士緊急喊停，然後說：「哼！好狡猾的傢伙！是吃葷的植物，壺狀的溫泉池，其實是裝滿消化液的胃袋啊！」

「啊！怎麼會是這樣？」蟻后驚奇的叫了起來，小怡更是害怕得全身打著寒顫。

智慧小問答

1. 螞蟻的搜索兵擔任什麼任務？
2. 小怡、瑪莉，一路搜索遇怎樣的險境？
3. 奇花異草滿布的魔幻世界，到底是什麼地方？人間有這樣的陷阱嗎？

14 鯨，好精采的洄游

鯨　鯨

鯨
噴水、跳躍、潛水、鳴叫
令人稱奇！
整個海洋是舞台、是操場、是餐館、是家園
好叫人豔羡！
從赤道往極地，五千浬洄游
好驚人的壯舉！

有朝一日我要陪著你
天涯海角，走透波濤洶湧的海洋

1. 吃奶的小藍鯨

藍藍是可愛的小藍鯨，廣闊無垠的海洋是快樂的家園，兄弟姊妹、叔叔伯伯、姑姑阿姨，成群結隊住在那裡，玩在那裡，成長在那裡！

藍藍緊跟著媽媽，有時潛水，有時浮上水面換氣噴水，大多時候是學媽媽搖尾前進，餓了，喊媽媽：「吃奶奶！吃奶奶！」

吃飽了，又潛水玩兒，想不到很多魚兒朝著牠哈哈大笑：「羞羞！羞羞！那麼大了還在吃奶！」

「不！媽媽說我還是小嬰兒呢！」

「我們嬰兒時也不會那樣黏著媽媽吃奶！羞！羞！」

藍藍一直被羞羞！難過極了，不禁生起氣喊叫：「小小魚兒，誰羞我，我撞誰！」一邊喊邊追，魚兒怕了，四處逃跑，藍藍追呀追的，漸漸呼吸急促，不得不浮上水面又噴水又換氣，這下大群魚兒又笑翻了天。

「真沒用！才泅了多遠就喘不過氣，還誇口說要撞人！羞羞！看！我們多厲害！不喘氣也不用換氣！」

「被媽媽慣壞了的孩子，哪會有本事！羞羞！」

藍藍垂頭喪氣回到媽媽身邊，哭著說：「別人都笑我吃奶奶，泅不遠就要到水面換氣，一點兒本事都沒有，我不想當鯨魚了！」

媽媽安慰說：「藍藍，我們才不是魚類呢！怎麼跟那些不知趣，又沒常識的小魚兒計較！好好振作起來，努力學習我們鯨族特別的本事，有一天，那些小魚兒都會佩服你的！」

「真的？」

「當然！首先要對自己有信心，你是媽媽懷胎十二個月才生出來的胎生哺乳類動物，那些從卵孵化的魚類，怎能跟我們相比！」

「媽媽，吃奶、換氣，不是比魚兒麻煩嗎？」

「咳！不要盡往壞處想，我們藍鯨可不比尋常啊！現在起好好跟叔叔、伯伯、阿姨、姑姑們學那些超越所有魚類的本事！」

2. 神奇的曲譜

「咦！什麼聲音？」藍藍突然聽到前方傳來「咕咕——咕咕——」低沉的神祕音響，詫異的問媽媽。

「是叔叔伯伯們，叫我們快趕上去，不要落單！這是我們鯨互通信息的一種語言，這樣的低頻呼叫，是說發生緊急事故了，大家趕快過去相聚，也互相幫助！」

藍藍和媽媽趕上前去，看見一群鯨，用鼻端托著受了傷的同伴，讓虛弱的牠浮出水面換氣。媽媽說：「鯨的愛心很了不起！看啊！那就是我們鯨族，從老遠的祖先就傳承下來的『助他行為』，對親人和朋友不離不棄！我也得過去出一臂之力啊！」

藍藍覺得自己先前受不了別人一陣羞羞，就自暴自棄，真是太不應該了！經過一段親族的照料和療傷，和鯊魚打鬥受傷的鯨，很快恢復健康，又神氣活現的跟大家一起乘風破浪。

這時候前方的族親又傳來新的信息，這回的頻率可真清晰而且高亢啊！

「犀利！犀利！犀利！」是高頻二〇〇〇千赫的鯨的特殊語言，意思是說前面發現人類滿載友誼的賞鯨船，大家趕緊過去助興，與喜歡我們的人類，來一次彼此都難忘的聯歡活動。

一路上，媽媽興高采烈的說：「人類愈來愈對我們友好，從前那恐怖的捕鯨船，如今已消聲匿跡，取而代之的是友善的賞鯨船，是人類文明的一大進步，鯨一族生死存亡的一大轉捩點。」

「喔！好極了！」藍藍興奮的回應。

「其實人類和我們鯨一族，因緣深厚，友誼長久。老遠的神話時代，歌神緊羅那，帶著天神賜給的寶物，遠渡重洋回鄉時，水手們起了貪心，想奪取財寶，逼歌神緊羅那跳海。悲憤的緊羅那抱著月琴，站上船頭唱起哀歌，將要一躍而下時，喜歡音樂的我們鯨一族，早已悄悄躲在附近聆聽。當緊羅那撲通一聲躍入滔滔大海時，我們祖先緊急潛入水中，及時托住他，悄悄的送他上岸。」

藍藍一聽歌神平安獲救，舒了一口氣，卻也急迫的追問：「緊羅那後來怎樣了？」

更加獲得天神的寵愛，海盜也都受到了懲罰，緊羅那感激我們祖先搭救的恩情，一定要送給我們每隻鯨都能擁有的珍貴禮物，我們祖先選擇了「歌神祕藏的曲譜」。那就是剛才你也聽到了的超低音和超高音曲譜，那音域遠超越人類的聽力範圍，是神奇的語音和通達天域的頻道呢！

「有了神奇曲譜，我們鯨不管離得多遠，都能互通訊息，把心語譜成音樂，唱給心愛的親友聆聽。」

「媽媽，我們鯨好了不起！」藍藍充滿信心的望著廣闊的家園，為自己是鯨而歡欣鼓舞。

3. 歡樂娛人節

藍藍和媽媽趕到「賞鯨劇場」時，果然是好戲連連耶！

跳躍！迴旋！滾翻！噴水柱！潑辣俐落！樣樣絕技都在人們興奮的歡呼聲中，一齣又一齣的上演。藍藍又一次為鯨一族的本事，感到無比的興奮！

這時，船上竟然有個黃衣男孩比著武打手勢，對著海上大喊：「藍鯨，我們來比武，打擂台！」

旁邊的紫衣女孩驚奇的問：「打擂台？在哪裡？」

「在這裡，我們船上的甲板啊！」說罷又裝模作樣挑逗。

紫衣女孩慌張的說：「你要惹禍了！甲板怎可以當擂台？大鯨果真跳上來，你要怎麼辦？」

「今天是愚人節啊！哄哄騙騙而已！不會有事。」

可是海浪裡傳來回音：「好個娛人節！我上船比舞去了！」

嘩啦啦！藍藍乘著一陣巨浪，果然順利泅上了賞鯨船的甲板。

「哇！快逃喲！」船上一陣慌亂。

藍藍把平坦的甲板當成舞池婆娑起舞，舞姿輕盈可愛，同時海上也傳來天樂般悅耳的舞曲。藍藍更加起勁的扭動身軀，搖晃大扇似的尾巴，兩隻小小的眼睛直盯著說要「比武」的那黃衣小朋友，嚇得他臉色鐵青。

不過還是紫衣女孩的媽媽腦筋轉得快，趕緊大聲宣說：「是誤會啦！今天這個日子，在心地狡詐的人類來說是愚人節，但在心地善良的鯨來說是娛人節啊！你看，小藍鯨的眼睛多麼天真，小藍鯨的舞姿多麼柔美，小藍鯨的動作多麼輕巧，是來娛樂我們的。」

旁邊有個賞鯨客又補充說：「好鬥的人類喜歡打打殺殺，所以說『比武』，可是溫和的鯨，喜歡快快樂樂，所以說『比舞』呢！」

「來！大家來跟小藍鯨共舞，同享美好的海上連誼。」船長邊喊叫，邊快步趨前，一手輕輕按住藍藍的頭，一手招呼著大眾，跳起了旋轉舞、飄飄舞、跳跳舞、踢踏舞。全船遊客、水手，都瘋狂的加入舞會，海上的音樂，旋律更加優美，呈現了夢幻似如醉如痴的氛圍。

甲板上洋溢著歡樂，每個人都盡情的舞著、唱著，汗流浹背了，聲音沙啞了，就是不會疲憊。不過細心的紫衣女孩突然發現情況不對，聲嘶力竭大喊：「不好了！小藍鯨的身體太乾燥了，快送牠回海裡去！」

小藍鯨的生命安全不容輕忽，歌舞立即停止，所有的人都脫下衣服浸溼，鋪在甲板，齊力的又推又拖的把小藍鯨送回海裡去。

4. 萬里洄游

賞鯨船上的人們，不住的揮手叫好，逐漸遠離，彼此留下美好的回憶。媽媽說：「藍藍啊！鯨族真正的本事就要展開了！是正要啟程的『洄游』啊！」

「洄游？」藍藍不知道是怎麼一回事。

「藍藍啊！你出生的這個地方是靠近赤道的海洋，是藍鯨的繁殖區，媽媽們在這裡生下體長才五公尺上下，只能潛水五、六分鐘的小貝比，餵著奶水拉拔長大，現在就要跟大家一起長途旅行五千公里，趕上南極的夏季，享受那兒盛產的南極蝦和沙丁魚呢！」

「喔！我知道了，這樣來回往返，就叫做『洄游』，多了不起！」

藍藍家族逐漸靠近南極，灰暗的海面看不見一艘船，遠遠的發現漂浮的冰山，天空濛濛霧氣，而那霧裡飄的是冰的碎片，好冰涼的海域啊！

「藍藍，這裡不僅冰冷，你沒感覺這些日子都是白天嗎？」

「是『日不落國』囉！」

「哈哈！南極終年冰天雪地，卻有六個月白天，和六個月黑夜呢！」

藍鯨成群的往前，忽然聽得前方傳來清晰的信號，媽媽說：「藍藍！叔叔伯伯、姑姑阿姨們正要群體合作，施展泡沫網捕魚的絕招了！」

藍鯨家族互相招呼著圍成大圓圈，把一群群小魚趕進圈子裡，然後大家一起噗噗！噗噗！吐出小小氣泡。

「呀！多美妙的氣泡漁網！」藍鯨很有默契的逐漸縮小圈圈，漁網裡魚兒活蹦亂跳，藍藍跟著大夥兒張開大嘴，盡情享受豐盛的漁獵。

媽媽說：「好好吃個足夠，也快快長大強壯，當洄游赤道時，你應該不再是小孩了！」

「呀！天空閃著彩虹，海面閃著紅光，多美麗的世界！」

「天上閃的是南極光，海面閃的是南極蝦，這兒是我們的夢幻美食餐廳！好好享受神祕的南極為我們擺設的饗宴啊！」

藍藍使用隨身攜帶的過濾網獵食浮游的小蝦，餐餐飽食美味，果然迅速茁壯成長。六個月的夏季在歡樂中很快過去，藍鯨們看見矗立天空的南極半島，那穿冰袍、戴冰帽的山峰，逐漸被夜色包圍，紛紛說：「南極的冬天來臨了，將是六個月的黑夜，我們該洄游赤道了。」

媽媽也催促藍藍說：「快給南極說聲再見，我們就要回赤道了！」

可是藍藍卻望著閃爍的極光，搖著頭說：「不！好美的南極，我喜歡！我要永遠留在這裡。」

媽媽嚴厲的說：「不要撒嬌了！南極的反氣旋一來，任誰都受不了啊！洄游是我們必然的生態啊！」

「可是路途遙遠好累喔！」

媽媽說：「想想，赤道和南極來回萬里，這樣的洄游壯舉，是鯨無與倫比的本領，怎麼可以喊累！」

藍藍忽然想起那晝夜一樣長，溫暖柔美的黑潮，燦爛和煦的陽光，還有賞鯨船上人類的小朋友，歡欣鼓舞的呼喊和鼓掌，頓時精神百倍高喊：「朋友，我回來了！帶回精采奇幻的洄游訊息！」說罷又是跳躍，又是潛泳，隨著大夥兒，乘風破浪邁開五千公里汪洋大海的旅程。

智慧小問答

1. 小時候的藍藍，受到什麼委屈？
2. 藍藍怎樣跟賞鯨船上的人共舞？你也想像一場另類的歡舞吧！
3. 鯨，五千公里的洄游，是怎樣的壯舉？

15 大捲尾的警徽

烏鬚

烏鬚尾巴夾著一把大剪刀
剪什麼用?
剪風!
為什麼要剪風?
順風不是飛得更快?
烏鬚不只要飛得快也要飛得巧
剪了風就是轉了風
可以隨意迅速轉換方向

像一架靈巧的戰鬥機啊！
喔！怪不得那場空戰牠總占上風
把偷雞的鳶賊
打得落花流水捲著尾巴逃逸

福爾摩沙的農村，稻浪起伏阡陌連綿，處處點綴著偌大的農莊，古樸的三合院，圍繞密密麻麻的刺竹，庭前水池，屋後果園，屋側菜圃，還有那屋前屋後幾棵高聳入雲的大樹，當中最高的，青龍升天般的老樟樹是烏鬚大叔的豪宅。

當大叔飛翔天空的時候，總喜歡在碧藍的天幕，迅速的畫上黑得發亮的警徽，牠那流線型的雙翼，加上大剪刀般的尾翼，使鳥類學家給取了個名符其實的學名——大捲尾，不過山林裡體型較小的，卻是叫做「小捲尾」呢！

大捲尾、小捲尾總有一撇鬍鬚，因此全身漆黑的牠，就另外有個俗名——「烏鬚」這親切的名字了。烏鬚叔叔動作敏捷，上升俯衝、左右旋轉，變化自如，快如迅雷，是農家居高臨下守護天空的戰鬥機。

然而人們卻很少注意到住屋旁邊飛翔的烏鬚大叔，更無視於牠無可比擬的本領。短視的人類眼光都集中在承歡膝下的狗狗、貓貓，當然農家來說，這雙警衛也是功不可沒，狗老爺年高德劭，是主人最信任的第一警衛，認得誰是朋友，誰是宵小之輩，該搖尾的就搖尾，該狂吠的就狂吠，毫不糊塗，二十四小時看似昏睡打盹，其實隨時警覺，因為牠視力不佳，全靠嗅覺，閉著眼睛又何妨！

貓姊呢？顧穀倉，防毒蛇，鼠輩休想偷竊，就曾經有隻不知好歹的餓鼠，被貓姊逮捕，貓姊不知是好玩還是要懲戒以示眾，不一槍斃命，捉捉放放折磨，害得躲在鼠洞的鼠輩驚悚不已，好久好久不敢離洞一步。

不過樹頂上的烏鬚大叔，牠的工作可就沒那麼顯眼而有目共睹的事項了！大叔展現在空中的防衛力量，只有帶小雞的母雞感受最深。母雞，多麼的愛護待在身邊寸步不離的小雞呢！鎮日忙著覓食，不是為了填飽自己，全為了小雞快快成長。當小主人撒下一把把穀子，自己不吃，花工夫啄破穀殼，方便餵小雞。對小雞的生命安全，更是隨時提高警覺，當可怕的天敵——鳶，劃破天空飛來，雖然身影那麼渺小，拍翅的聲音又是那麼的細微，距離地面還是那麼遙遠，但母雞總是那麼敏感的發覺，立刻咯咯——咯咯召喚小雞躲在羽翼。

然而雞鴨來說，鳶可不是那麼好應付的天敵，高高的飛，直直的落，奇襲、突襲，偷襲，無不用其極，母雞防不勝防，當來不及躲藏的小雞被魔爪捕捉騰空而去時，母雞的哭啼是多麼的淒厲！

烏鬚大叔看在眼裡，憑著牠敏銳的眼力發現藍天裡出現一小粒黑點，就可以辨別是不是鳶來襲，除了立即警告母雞，更採取備戰姿態，只要鳶侵入警戒線，就神不知鬼不覺起飛迎戰。就像靈巧的戰鬥機挑戰重量級的轟炸機一般，一場劇烈的纏鬥展現在空中。

很快的分出勝負，鳶的羽毛被啄落，紛紛飄散四周，笨重的轟炸機敵不過靈巧的戰鬥機，轉身飛離，逃之夭夭。地上的母雞，興奮得又啼叫又歡笑，遞上最高的敬意給大叔。可是農家的孩童，糊裡糊塗，竟然唱起兒歌：

「烏鬚，烏鬚，吱嘎啾！掠雞仔搵豆油！」

「冤枉啊！大人！烏鬚叔叔什麼時候捉過你一隻雞？」烏鬚生氣了，對著孩童大聲吆喝回應。

天神聽了，安慰說：「烏鬚啊！童蒙無知，讓他隨便唱唱，我們嚮往天空的飛鳥，不必跟他們計較，我頒給你榮譽的警徽，聘請你擔任『天農國』空中警務工作！」

天神回過頭來又對孩童們說：「剛才你們唱錯了，聽聽我教給你們正確的兒歌：『烏鬚，烏鬚，吱嘎啾！掠蟲仔搵豆油！』」

孩子們又高興又乖順的隨著天神一次又一次的大聲唸著兒歌，唱罷，天神宣布：「今天起烏鬚是你們『天農國』榮譽的空中警察了，而且配著我頒給的警徽呢！」

可是孩子們卻嚷著說：「該是『天龍國』吧！天神爺爺，您怎麼說是『天農國』呢？」

天神滿臉笑容的說：「孩子們！『天龍國』是夢幻的，我們要的是真實存在的，順應天然的農耕國土，當然是『天農國』啊！烏鶖掠蟲仔搵豆油，正是天農國勞苦功高的重要角色呢！

「對！烏鶖叔叔該當佩帶榮譽的警徽，為我們『天農國』除害蟲！」從此烏鶖兒歌此起彼落，唱遍了台灣的農村，而烏鶖這靈巧的飛鳥，也無時無刻不展示著牠捲尾警徽，守護天然農耕的每一片土地。

智慧小問答

1. 烏鶖為甚麼是農家的好友？
2. 烏鶖還有個什麼名字？怎麼會有這樣的名字？
3. 烏鶖的警徽是怎樣得來的？

16 理髮師？小提琴手？

招潮蟹

招潮蟹，你是理髮師嗎？
鎮日攜帶一把大剪刀
在沙灘上左顧右盼
盼著顧客光臨

招潮蟹，你是小提琴手吧！
蹲在海灘向著海洋
優雅的奏起

招潮蟹開設的理髮院，經過海灘全民公開、公平票選，當選福爾摩沙國家公園區「最佳寵物理髮院」了，這項榮譽得來不易，招潮蟹一家人都高興的歡呼起來。

本來爬行在海灘沙地的招潮蟹，很自卑，很看不起自己。當牠們看見有人來了，立刻害羞的跑回自己先前挖好的洞穴躲藏，尤其是那些男孩、女孩，抱著寵物狗狗、寵物貓咪來了，更是無地自容的奔進洞裡，心想：「那些貓貓、狗狗，多漂亮啊！乾乾淨淨，整整齊齊的毛，有的雪白、有的有花紋、有的有斑點，好美麗！哪像我一身是泥沙，好醜！好爛！」

招潮蟹有時會偷偷的探出頭，看看那幸福的貓貓狗狗。那些被寵壞了的貓貓狗狗，總是好頑皮！好可惡！一見招潮蟹就飛也似的跑過來，縱使撲不上，也會動起四腳拚命扒著沙，非把招潮蟹給挖出來不可。

東東是個很有愛心的小孩，一看招潮蟹可憐兮兮的無處可逃，就喊住貓貓狗叮嚀牠們「腳下留情」，保住招潮蟹可憐的小命。

不過有一天，一群小孩卻瘋狂的忽左忽右奔馳，抓起了招潮蟹，一個先踩住洞穴，一個伸手去抓，無洞可藏的招潮蟹只好乖乖就逮。

「喂！捉那麼多蟹做什麼？」

「帶回去給牠們工作。」

「牠笨笨的，會做什麼？」

「回去再說！現在只是看牠們遊手好閒，很不對勁！」

「說的也是，沒工作好可憐！」

這時候東東的小白狗跑過來湊熱鬧，不住的用鼻子聞著招潮蟹，小蟹很喜歡雪白的毛，趁機爬上狗狗身上。小白狗剛剛玩過水，滿身濕漉漉，好多毛黏在一起，小蟹用牠特大號的螯當梳子，梳理著狗狗的毛。

東東看了不由得高興的歡呼起來說：「這就是招潮蟹的工作啊！」

「給牠開一家『寵物理髮院』！」

「對！一定很叫座！」

「那還用說！」

招潮蟹認真的學習，誠懇的工作，獲得熱烈的掌聲和稱讚，從此招潮蟹不再自卑，不再看不起自己了。牠的顧客朋友一天天多起來，理髮技術也一天天進步，終於獲得了「最佳寵物理髮院」的榮譽，你說牠有多快樂，就有多快樂。

招潮蟹的快樂不僅如此，工作上獲得肯定的牠們，進一步想在藝術上自娛自樂，更娛樂他人。於是牠們組成「海灘小提琴演奏團」，每當閒暇就走出家洞，聚集沙灘，有模有樣的拉起小提琴，只是弦音太小吧，起初人們看見了，以為那動作是招潮蟹用牠的小螯清除大螯上的汙垢。

幸虧一波又一波的潮水是招潮蟹的知音，每次造訪，那雖微弱卻悅耳如同天音天籟的弦樂，潮水都把整個心思和聽覺，投注在那上面。

潮水聽見的是一陣又一陣珠玉滾動般柔和輕巧的樂音，在弦上滑動著、跳躍著。潮水的心靈被迷住了，於是離遠了又趕緊回頭，無非是想陶醉在招潮蟹神祕的弦音。

為樂音迷醉的潮水，情不自禁為招潮蟹打起節拍，啊！海灘的演奏會，似乎很單純，但越聽越覺得有味、有內涵，不知何時「最佳寵物理髮院」招牌上又貼上一個圖案——「潮音琴弦樂團」那亮麗的徽章。

智慧小問答

1. 招潮蟹像理髮師嗎？像在哪裡？
2. 怎麼說招潮蟹是小提琴手？
3. 天音仙樂，你聽得見嗎？怎樣聽見？

17 小老鼠吉吉的孝行

老鼠

探出頭來了
從小小門縫
小心翼翼，左顧右盼
靈活閃亮的眼睛

突然奔來書桌下我的腳邊
撿起我掉下的餅乾屑
啊哈！是我免費的清潔工！

哪是宵小鼠輩！

喔！原來人人喊打的老鼠

也有牠可愛之處

小老鼠吉吉的爸爸生病了，媽媽忙著照顧爸爸，不久也累壞了。爸媽躺在小小的鼠洞，痛苦的呻吟，牠們身體虛弱，沒有力氣可以出去找東西吃，吉吉辛苦的冒著危險，一次又一次的潛入文祥家的廚房，銜了些麵包屑和肉骨頭回來。

可是爸媽總是說：「哎！那麼硬綳綳的東西，病弱無力的我們怎能吃得下呢！」

吉吉著急的問：「那麼爸爸媽媽想吃些什麼呢？」

「噯！說了也沒用，那些食物你是搬不回來的。」

「爸爸媽媽，您們說說看嘛，我一定會想辦法搬回來孝敬您們的。」

爸爸這才有氣無力喃喃而說：「我們病得這麼重，只有吃新鮮的雞蛋補補身子才能夠好起來的！」

吉吉聽了爸爸的話，想起自己小時候又瘦又小，身上的毛稀稀疏疏的，媽媽就說：「吉吉一定是營養不良，該帶他去吃個雞蛋補一補。」

那時候吉吉跟在爸媽後面，躡手躡腳，小心翼翼來到雞棚旁邊，那兒有文祥的媽媽堆放雞蛋的籃子。爸爸四顧無人，很快的爬上小山般的雞蛋堆上，然後猛力用後腳踢下一個蛋。

「砰！」一聲！雞蛋掉在地上破了，露出橙色的蛋黃，像是早晨爬上山頭的太陽。

吉吉還很清楚的記得那蛋黃是多麼的又香又甜，含在嘴裡自己會融化，吃起來真舒服。從此以後，每隔三兩天，爸爸媽媽就帶吉吉去雞棚那兒進補一次。吉吉逐漸的胖了起來，身上的毛也閃閃發亮，眼睛也炯炯有神了。

可是老母雞的女主人也發覺吉吉一家老少的行跡了，從此，雞棚外邊就多了一隻喵喵叫的大花貓。

媽媽告訴吉吉說：「以後我們不要再吃雞蛋了，那大花貓是惹不得的。」

吉吉回想著這些又甜蜜又驚險的往事，自言自語：「我要搬雞蛋回來孝敬爸爸媽媽，好叫爸爸媽媽很快的恢復健康。」

媽媽聽了，慌忙阻止說：「孩子，不行，你去不得啊！難道你忘了雞棚外邊那隻大花貓凶惡的目光嗎？」

爸爸也說：「吉吉，你不要去冒險，縱使大花貓不在，你也搬不回雞蛋的。雞蛋又大又圓，銜也銜不住，滾動了，又會破裂。萬一被發現了，不是白白送命嗎！」

吉吉恐怕爸爸媽媽為牠擔心，所以不再提起搬雞蛋的事了，但是牠卻悄悄的到鄰居小灰灰的家去商量。

一個溫暖的午後，兩隻小老鼠不聲不響，來到雞棚裡探看。籃子裡滿滿的一堆雞蛋，大花貓不在，老母雞正在打盹。

「這是大好機會，可是怎麼搬回雞蛋呢？」小灰灰一臉困惑，不知如何是好。

吉吉一聲不響，爬上雞蛋堆去，選了個又白又乾淨的蛋，趴在上面，緊緊的抱住，然後一翻身，連身體一起滾到地上去。吉吉的肩背先碰地，四腳朝天，樣子狼狽，可是仍然緊抱著雞蛋不放。

「快來！小灰灰幫幫我。」

吉吉一邊搖晃著長長的尾巴，一邊急忙呼叫。聰明的小灰灰一看便知吉吉心裡想著什麼辦法。於是立即張開嘴咬住吉吉的尾巴，像拖一條繩子似的，把吉吉和雞蛋一起拖回老鼠洞去。

爸爸媽媽在洞裡往外看，看見自己的孩子和小灰灰搬雞蛋的巧計，不禁大為驚奇，不過刻意壓低聲音說：「哇！多聰明的孩子啊！虧他有一片孝心，要不怎能急中生智，使出奇招呢！」

＊這小故事是根據實景目睹者王明理先生生動的描述而書寫的。

智慧小問答

1. 吉吉為什麼要冒險搬回雞蛋？
2. 吉吉和小灰灰怎樣合作搬回雞蛋？
3. 你相信動物們各有牠們種種不同的本領和智慧嗎？

18 幼獅星座夢

哪種獅子你最中意

獅媽媽愛牠的幼獅
餵牠、養牠、教牠功夫
獅爸爸雄糾糾
獅子吼，森林大王
幼獅天真活潑
夢想重組獅子星座
醒獅，街舞高手
蹦蹦跳跳，忽高忽低，掌聲四起

請問，哪種獅子你最中意？
那還要問，當然是織夢的幼獅

獅媽媽在大草原的灌木叢，養育著小貓一般軟弱的三隻小獅，除了餵食、保護、教功夫，還要舔乾淨牠們全身、梳理好毛髮，搬家時更要一一叼著走，獅媽媽好辛苦！

三隻幼獅眼看自己身上的斑點，一點一點消失，高興的彼此交談：「媽媽說斑點不見就是長大了，不久我就會像爸爸一般雄糾糾，氣昂昂，一聲獅子吼，叫草原上所有動物都聞聲喪膽！」哥哥滿懷喜悅的說。

「我長大了，要跟媽媽一樣，當狩獵高手，跑呀！追呀！撲倒肥羊，讓全家享受美食！」姊姊閃亮著燦爛的眼神說。

弟弟抬頭望著夜空明滅的星光說：「你看！那是壯麗的獅子宮星座，多少人瞻仰著，多少人從那命宮得到鼓勵和安慰！」

哥哥驚奇的回應：「弟弟啊！你說啥？我聽不懂！」

姊姊也詫異的說：「弟弟啊！你沉醉在媽媽說過的神話裡還沒清醒啊！」

「不，我知道身上消失的斑點都是回到天上當星星去了，我要追過去找回散失的星星斑點，重新組合『幸福獅子星座』，使所有世間的不幸，全部一掃而空，只有幸福相隨。」

姊姊鼓掌說：「好主意耶！我們一起把弟弟的理想實現！」

可是哥哥卻困惑的說：「變成星座得先到天上去，我們又不會飛。」

「跟燕子學。」

「燕子忙著養小燕兒，哪有工夫教我們。」

「跟老鷹學。」

「老鷹的眼睛總是盯著肉食，哪有心教我們。」

「跟風兒學。」

「風兒忽東忽西，還會發狂發飆，怎能教我們！」

「啊！問山神去。」

「祂在高聳入雲的神山，怎麼去得了？」

「憑著獅子的勇氣。」

「我們連搬家都要媽媽叼著走，勇氣有用嗎？」

「等身上的斑點全都消失時，我們就是強壯的幼獅了，那時出發。」

三隻小獅悄悄等待，有一天果然斑點都跑到天上變成星星，牠們不聲不響相約啟程，還悄悄帶走獅群裡，所有斑點都剛升上天空的幼獅。

「帶什麼行李出門呢？」好多幼獅問著。

「帶一身茸茸的皮毛。」

「帶十八般武藝齊備的獅爪、獅牙。」

「帶敏銳的獅子眼、獅子耳。」

出發了，瞞著媽媽。

山路崎嶇險峻，毒蛇猛獸出沒，高處更是不勝寒冷。

千辛萬苦終於拜見了山神。

山神說：「一路辛苦了，幸虧有皮毛禦寒，爪牙抗敵，耳聰目明不至迷路。這些利器都是媽媽給的，你們還是回媽媽身邊吧！」

「不！我們想飛到天上變成『幸福獅子星座』，給自己也給所有動物幸福。」

山神不禁哈哈大笑說：「你們的願望一定能夠實現，不過得先顧好草原啊！」

「草原怎麼啦？」

山神帶著幼獅們來到山頂，指著山下的草原說：「這裡一站，立刻擁有千里眼神功，你們自己看！」

「啊！一片光禿？青草都不見了，怎麼一回事？」

「自從你們成群離家出走，獅媽媽、獅爸爸都心急如焚，四處尋找，無心狩獵，因此大批羚羊、斑馬、野鹿、山猪、野牛、野兔，紛紛湧進草原，快速繁殖，爭著吃草，不光禿才怪！」

「這，這，怎麼會這樣？」

「說句有學問的話，是草原的食物鏈失衡，連帶生態也失衡。」

「那怎麼辦好呢？」

「喔！媽媽們找來了，回草原去，學好狩獵本領，維護草原的生態平衡，這樣順著天意，將來有一天你們都會飛上天空變成『幸福獅子星座』啊！祝你們美夢成真！」山神愷切的說。

草原的秩序恢復了，青青綠草一望無垠，處處充滿欣欣向榮的生機，幼獅們盼望著，有一天一起飛上天空，和著「星座交響曲」盈盈起舞。

智慧小問答

1. 幼獅懷抱重組「幸福獅子星座」的夢想，你覺得怎樣？
2. 山神為什麼要勸幼獅們回草原去？
3. 理想和現實如果可以相融那該多好！如果相衝突該怎麼辦呢？想想山神的話吧！

19 貓頭鷹鳥王夢

貓頭鷹

博士鏡
鷹勾嘴
披著輕輕的羽絨衣
靜靜的佇立枝椏間

誰說我在打盹昏睡
是眼見四面
是耳聞八方

悄悄尋覓獵物的蹤跡
有人說我在打坐念經
沉浸森林的靜謐氣息
是啊！忙中偷閒
樂得享受輕安無事的片刻

誰能在黑夜裡眼光炯炯，洞察一切動靜？

誰能悄悄守在枝頭，不聲不響，沉潛觀變，任誰也不容易發現？

誰能戴上黑色鏡框的大眼鏡，飽讀群書，被公認為世界上頂尖的超博士？

當森林裡的鳥群要推舉盤旋空中的鳶，為牠們的鳥王時，一直保持沉默的貓頭鷹，心裡著實不服氣。

「哼！鳶算什麼！憑什麼當鳥王？」

「牠是從天上降臨大地的英雄，當然不同凡響！」樹梢的白頭翁說。

「怪不得你髮蒼蒼，嘴尖尖，說話沒頭沒腦的，鳶啊！鷂子，紙鷂子，人們只要用紙糊就能仿造，況且小孩一唱『厲翼！厲翼！你娘腹肚痛，我有藥，你無藥，柑仔皮，柚子葉——』嗨！什麼厲翼？一點兒勇氣都沒有，被嚇得立刻飛回森林躲藏，難道你要選這膽小鬼當鳥王？」

「一聽兒歌就飛走，那是牠懂得見機行事啊！」

「說起見機行事，誰比得上我貓頭鷹博士！我無所不知，通達森林、山丘、田野的一切事物，連黑夜裡的所有祕密，都逃不過我的眼光。」貓頭鷹得意洋洋的說。

「既然有人競爭，那就要舉辦公投囉！」這是群鳥共同的意見。

「好主意！」鳶和貓頭鷹都表示贊同。

「候選的資格呢？」有鳥在問。

「凡是森林的、山丘的、田野的鳥類，誰都是候選者。」鳶和貓頭鷹不約而同的說。

「好主意！」白頭翁說。

「就這麼決定了！」一直保持沉默的藍鵲嘎！一聲，篤定的說。

話雖說鳥鳥皆是候選者，誰都看得出來真正競選的，就是鳶和貓頭鷹。

投票當天，八點到十點，兩個鐘頭的競選演講，講台隨意自選。

鳶選在森林最高那棵樟樹最粗壯的枝椏，咻！咻！咻！的大聲鳴叫，說的是牠會端出許多牛肉，把森林打造成鳥類的福利國。

貓頭鷹聽了，咕咕！咕咕！反駁：「你端得出什麼？無非是雞皮、鴨毛或是青蛙腿吧！」

草地上覓食的雞、鴨、鵝，水上悠游的鴛鴦、水僻仔，空中飛的麻雀、百靈都惶恐的說：「這怎麼得了，還是選貓頭鷹吧！」

貓頭鷹覺得自己占上風，啪啦一聲也飛上樟樹頂端，不客氣的站在鳶上頭說：「選我絕對不會錯，我會為森林除害，還會端出上等的牛肉。」

鳶不耐煩的說：「你的牛肉，無非是蛇肉、蜘蛛肉、蠍肉，難道不會比瘦肉精更毒？」

分布在花草樹木凝神聽講的鳥群，根本聽不出所以然，紛紛要求鳶和貓頭鷹，不要再浪費口舌，還是表演各自的才藝，讓大家歡歡喜喜品賞，時間一到自由無記名祕密投票。

鳶，認為自己占上風，得意的展翅高飛，盤旋藍天，贏得如雷掌聲。接著貓頭鷹起飛，低空掠過鳥群身邊，無聲無響，連空氣都沒動盪，神乎高明的輕功，也贏得如雷掌聲。

正難分高下時，忽然從碧水瀅瀅的溪澗湧出一陣雄壯的嘎嘎鳥叫聲，是白鷺鷥啊！一大群雪片似的列隊衝上萬里晴空。

「喔！好壯觀的大編隊！」

白鷺鷥以黑馬的姿態參選，成群成對在空中擺出清清楚楚的字幕：「鷺鷥競選團隊，我們將團結一致，奉獻群體力量，首先為森林帶來一場場舞鶴的藝術美，然後組成害蟲清除隊，為森林、為田園、為原野的健康努力不懈！讓鳥族們家家戶戶安居樂業，連我們的人類朋友也五穀豐登，喜慶年年，歡樂滿人間。」

那是多麼潔白純真的團隊！帶頭的指揮官是鷺鷥家族的長老，候選人就是牠，團隊聽從指令，表演精巧的空中分列式，一會兒是圓圓圈圈，一會兒是上上下下，一會兒是天女散花，一會兒是交錯紛飛，一會兒是俯衝，一會兒是快速上升，使鳥觀眾看得笑哈哈！異口同聲讚嘆說：「台灣鳥王非牠莫屬啊！」

投票結果白鷺鷥果然全票當選，鳶首先道賀，貓頭鷹鳥王夢破碎，悄悄消失在森林深處。

智慧小問答

1. 貓頭鷹和鳶各有什麼本領？牠們怎樣競選鳥王？
2. 白鷺鷥以怎樣的姿態出來競選？
3. 白鷺鷥為什麼能夠勝選？

20 好愛醜的水蠆兒

蜻蜓

一雙雙結伴飛翔的蜻蜓
是水蠆兒的爸爸和媽媽
好美！
大大的眼睛
寬寬的翅膀
曼妙的身材
在水光瑩瑩的舞池
翩翩迎風起舞

舞呀飛呀
舞衣輕輕點著水
點起圈圈漣漪
讓盈盈的池水
眉飛色舞笑開了臉

風平浪靜，明亮如鏡的池塘，或是草木萋萋，陽光和煦的山野，都是形形色色，美麗鮮豔的蜻蜓們，大展身手的秀場，吸引了所有蟲蟲，還有人類的小孩興高采烈觀賞。

紅、紫、橙、藍、綠、靛、黑，五顏六色，成群的交錯飛翔。一會兒是彩帶舞，一會兒是霓虹舞，一會兒是波浪起伏，一會兒是萬馬奔騰，好精采！不過叫人稱奇的是「蜻蜓點水」那曼妙的舞姿啊！這可是蜻蜓傳宗接代的神聖祭典的一種方式呢！

當青白蜻蜓的繁殖期一到，蜻蜓爸爸就在水邊等待「愛的邂逅」，然後彼此連結、產卵。讓卵在水裡孵化，破卵而出的蜻蜓王子、蜻蜓公主，就在甜美的水宮裡悄悄成長，度過長達兩個年頭的童年。

可是帶著美麗基因出生的蜻蜓幼蟲——水蠆兒，牠們在水宮裡的歲月，卻一點兒都不平安，必須依賴智慧和勇氣，直到羽化的日子呢！

水岸一整排石縫，就是可怕的怪物——蟾蜍的公寓，牠們一身全是噁心的瘤，一對朝天眼睛，更流露著貪婪凶惡的神色，牠們狩獵的目標，總是鎖定香脆可口的水蠆兒，愈是長相美好的，身體乾淨芳香的，蟾蜍愈是垂涎喜愛。

不過聰明伶俐的水蠆王子和公主，很快想到了好對策：「兄弟姊妹們！只要聽見怪物的腳步聲，我們要毫不猶豫，立刻就地一頭鑽進又髒又臭的泥巴裡面躲藏啊！」

「鑽進泥巴，一身汙穢，太難看了！我才不要！」美美的水蠆妹妹嘟著嘴說。

「要活命？還是要漂亮？自己決定！」

當然，蟾蜍一來，水薑兒們誰不要命呢？

幾次空手而回，飢餓難堪的蟾蜍，兩眼布滿血絲，拚命的尋找，終於發現身邊的泥巴在冒氣泡，迅速撲過去，果然破解了水薑兒的隱身術。

「難道我們水薑兒命中注定要餵飽那群怪物嗎？」

「不！我們總得再想想更好的對策啊！」

「喔！有了！學學人類的小孩，運動會時表演的疊羅漢，疊成巨型羅漢，嚇嚇笨頭笨腦的怪物。」

「還要全身塗滿泥巴，打扮得又醜又臭又嚇人，肯定嚇破怪物的膽子。」

「就這麼說定了！從現在起經常練習，免得到時候出差錯。」

疊羅漢加上騎馬戰，人類小朋友的遊戲成了水薑兒對付蟾蜍的絕招。頭腦簡單的蟾蜍以為遇到了強敵，抱頭鼠竄，躲回蟾蜍洞，寧可餓肚子也不敢出門。久而久之，偶爾悄悄到池邊探看，所見的盡是一身是泥，倒盡胃口的醜小怪，從此再也不敢貪念水宮美食了。

嚇退敵人的水蠆兒們，發覺「醜」比「美」好處多多，於是一生一世，參加一次「選醜大賽」，得個獎牌，獲得掌聲，成為牠們最關心、最在意的光榮事蹟。不過水蠆兒心中暗藏著一個祕密，那就是牠們知道自己醜到不能再醜的時候，就是「美夢成真」的「羽化」時刻。

醜得誰都不屑一顧，被戲稱水乞丐的水蠆兒們，慶幸著沒人威脅，也沒人干擾，平平安安自個兒，一步一步爬上池邊，任憑你選擇突出的石頭，或搖晃的水草尖端，歡歡喜喜迎著陽光伸展翅膀，腳一蹬，飛上藍藍的天，這時，牠已經是可以隨心所欲，展現自己的美的蜻蜓了。

美麗的蜻蜓，不管飛到哪裡，心裡總是甜甜的，總不會厭惡任何不起眼的蟲兒，因為牠忘不了自己曾經是醜到不行的水乞丐呢！

智慧小問答

1. 水蠆兒是什麼東西？看過嗎？在哪兒可以看見？
2. 水蠆兒為什麼好愛醜？
3. 水蠆兒的「羽化」是怎麼一回事？

21 羽毛美容風波

烏鴉

村莊上空
一隻烏鴉，一架偵察機
三隻五隻，編隊的戰鬥機
八隻十隻，浩浩蕩蕩的轟炸機

嘎——嘎！偵查機發出信號
嘎——嘎！戰鬥機立即回應
嘎——嘎！轟炸機成群前進

村莊上空
烏鴉上演有趣的戰爭戲劇
起起伏伏的山谷當舞台
藍天白雲是精湛的布景
嘎——嘎！烏鴉們演得多起勁

天底下所有鳥兒，本來都是白白的，也不難看，可是清一色，常常認錯誰是誰，總是有些困擾。

聰明的鵜鶘想起了自己的大喉囊，撈魚時總是不小心，裝進一些五顏六色的泥巴，當廢物丟棄可惜，應該加以精製，提煉為染料，替鳥朋友染整羽毛，使每隻鳥都變得漂漂亮亮！

這主意太好了！鵜鶘老大自言自語：「心動不如馬上行動。」經過一番實驗研究，果然成功的研製了大量的紅、黃、藍、靛、紫、橙、黑，七彩染料，裝成壯觀的七個大染缸，有模有樣的擺在山林的高點，然後在那棵高聳入雲的神木，掛上大型招牌——「天下第一家包滿意鳥類羽毛美容工作坊」，附註：「國色天香設計師特別為你服務。」

孔雀是第一位顧客，因為牠要盛裝當新郎，怪不得一開幕就來搶頭香。牠踩著王子般高貴的腳步，仔細的端詳一缸缸染料，心裡頭構思著要怎樣設計圖案？怎樣配好顏色？還要怎樣把送給新娘子的寶石、金飾、項鍊，都掛到身上？

孔雀的細心，鵜鶘的技術，顏料的精美，果然使得孔雀煥然一新，全身散發金光寶氣。當牠得意的走出大門，移步店門口的伸展台，表演「孔雀開屏」的拿手好戲時，贏得了全場熱烈的叫好聲。

真是再好不過的活廣告，本來對染羽毛不屑一顧的鳥兒，也都好奇的來擺長龍，你說：哪隻鳥兒不愛美！

接著輪到火雞，牠想搶鋒頭，把孔雀給比下去。可是情緒急躁，粗心大意，染是染了，水準差一截。不過牠自我感覺良好，回家路上遇到人就趾高氣揚展示一番，還咕咕的問人家：「你看我美不美？」

羽毛美容院，聲名大噪，鴛鴦、綠頭鴨，染得很得意，池水上游來游去，向岸上的、空中的鳥朋友炫耀。白鷺鷥看了嘎嘎叫著，恨不得一飛到達美容院，可惜跌一跤沒去成，眼睜睜看著五色鳥、八色鳥飛到枝頭搔頭弄姿，白鷺鷥直呼奈何！

倒是有些個子小小的鳥兒，寧可染得灰灰土土不起眼，好避開天敵的眼光。譬如竹雞是枯葉的顏色，麻雀是穀子的顏色，綠繡眼是綠葉的顏色。染得最神奇的莫過雲雀了，跟淡淡的雲一樣，任誰都不容易看見，因為這樣牠才能心安的引吭高歌，把玉珠滾動般清脆悅耳的歌聲，送給愛樂的人，而不擔心受干擾。

全天下的鳥兒都到鵜鶘的店美容，只有白鴉抱著疑心，不願造訪。牠認為「白鴉」很好！純純的，何必染什麼奇奇怪怪、亂七八糟的色彩。

可是「白鴉」有個煩惱，牠不像鴨鵝之類，是水上的居民，隨時洗滌方便。每當牠興高采烈享受一餐美食，尤其是味道濃得很過癮的爛魚或腐肉，沒有圍兜兜，沒有餐巾，總是滿嘴臭氣薰人，更糟的一身血跡斑斑，看起來好恐怖！

「染色去！染得花花綠綠，沾了什麼汙穢都看不出。」

鵜鶘建議白鴉，嘴喙染成紅玉、翅膀染成紫雲、腳趾染成黃金，這樣一定高雅華麗，又可以防止汙穢。

白鴉們聽了，皆大歡喜，紛紛嘎嘎大叫爭先恐後跳向染缸。糟的是領先那隻白鴉，又粗心又近視，一跳，跳進黑色大染缸。

鵜鶘來不及阻止，從染缸出來的一隻隻鴉，都烏漆麻黑，飛上天空，像黑雲一撮撮。牠們彼此相視，難過得哭成一團，大喊：「鵜鶘騙子，賠

我們黃金腳趾、紫雲翅膀、紅玉嘴喙來！要不然我們拚了！」

名裁判貓頭鷹博士來了，鄭重的說：「梅花要開，還得經過一番寒徹骨，何況靠繪畫染整更要細心耐心，匠心獨運，怎能隨隨便便，爭先恐後，你爭我奪，這樣的後果該自己承受！」

鵜鶘獲判無罪免賠，烏鴉群起抗議，博士說：「白鴉們，請你們要樂於改當烏鴉，面對現實，隨處自得其樂去！」

智慧小問答

1. 鵜鶘的「羽毛美容工作坊」是怎樣開起來的？
2. 鳥兒們怎樣歡歡喜喜美容去？
3. 白鴉怎麼會染成烏鴉？如果你是烏鴉，怎麼想？

22 長頸鹿摘星夢

長頸鹿

哇！好長，好長的，四枝紋竹
哇！好高，好高的，一根彩柱
彩柱頂上一張可愛的臉龐
哇！哪來的風，搖晃了紋竹
哇！是誰推動了彩柱？
紋竹、彩柱都在往前進
前進！前進！再前進！
臉龐上的眼珠盯著前面的綠樹

「我是草原的大明星！」

長頸鹿格格，得意的搖頭晃腦，憐惜的環視自己的身材，喃喃自語：「高挑的個子，豔麗的斑紋，修長的大腿，機伶的小眼睛，翻轉自如的流線型耳朵，哪一點不是可愛的、標緻的、明星的特徵呢！」

格格趾高氣揚，煞有一回事的踢著正步，往來雜木點綴的青青草原。

「格格，幫幫我，我的風箏掛在樹梢了，幫我拿下好嗎？」

「哼！叫我摘下星星還差不多，拿下風箏，我才不屑一顧！」

兔寶寶一聽格格要摘星星，高興的跳起來，風箏不要了，大聲歡呼：「那多好呀！格格大姊姊，幫我摘一顆星星，不！兩顆！不！很多很多顆星星，那是天上的寶石呢！有了一顆星星，就會有一個美夢成真，有了兩顆，就有兩個美夢成真！」

兔寶寶歡天喜地跑回兔子洞，把消息告訴爸爸媽媽、哥哥姊姊。

爸媽趕緊轉告隔壁叔叔伯伯、阿姨姑姑。

哥哥姊姊蹦蹦跳跳，把消息帶到學校，一時，兔子們都忘了一切不愉快的事，也放下了手邊的工作，一齊趕到草原，圍繞著格格，載歌載舞。

「格格，請你快把脖子伸得長長的，伸到天空，摘星星給我們。」

格格果然又蹦又跳，又伸脖子，可是摸不著，碰不到，兔寶寶們連星星的影子都沒見到。

可是兔子們恐怕累壞了格格，趕緊說：「歇歇吧！白天星星離我們很遠很遠，等夜間星星下來玩，你就摘下那貪玩的星星吧！」

天星閃閃爍爍的夜晚，草原好美！好熱鬧！風徐徐的吹，樹影輕輕的晃，草香飄飄的瀰漫。

「格格啊！摘下那調皮的流星，讓我們美夢成真。」

「格格啊！摘下閃閃亮亮、喋喋不休的星星，我們擁戴你當草原大女王。」

「格格啊！你蹦跳吧！伸長脖子吧！我們靈巧的為你編製榮華富貴的百花后冠。」

兔子們摘花、編花，更有些鼓起肚皮，砰砰的敲鼓打鑼，有些把長耳朵搖呀搖，晃呀晃，跳起月光舞。

一時，草原歡聲雷動，銀河也隨著緩緩移動向著兔寶寶的頭頂靠近，一顆又一顆的彗星拖著長長的尾巴，像煙火般大放光芒，然後悄悄消失。

兔子們興奮到極點，手拉手一圈又一圈，跳起最拿手的華爾滋，跳得瘋狂了，才不管格格是不是摘到星星，只管把草原當成舞廳，連月亮也眨眨眼笑嘻嘻。

有夢最美！不管美夢是不是成真？只要陶醉在夢境，已經是難得的樂趣！誰在乎格格是不是真的摘星，只擔心牠是不是累垮了？平安最要緊，感激牠把我們帶進最美的夢境，那甜蜜的感覺長久留在心頭這已經很足夠了。

夜漸漸深沉，格格漸漸疲累，兔子們漸漸想家，草原漸漸平靜。兔子長老突然站起來宣布：「醒吧，摘星夢，累倒了，累壞了，夢也就破滅！」

「對！今夜到此為止，明夜再來！」

「沒關係，格格，你慢慢來，總有一天你會摘到星星，我預約就是了！」

「我也預約！」

「我也預約！」

「那得等到我長得夠高啊！」

「我們會等的。」

「謝謝你們耐心的等，那我就先用我的長脖子、長大腿，幫你們做些現在就做得到事的吧！」

「好！幫我摘下掛到樹梢的風箏。」

「幫我摘下長在樹上的果子。」

「幫我摘下開在樹枝的花兒。」

「哇賽！格格果然是草原大女王，造福草原的兔寶寶，更給兔寶寶無窮的希望，預約摘下美夢成真的星星。」

「為她加冕吧！冠上璀燦發光的后冠，預祝摘星成功。」

智慧小問答

1.「摘星夢」表示什麼意義呢？

2.「有夢最美」又是什麼意義呢？

3. 美夢令人陶醉，但怎樣的美夢才能實現呢？

23 鹿王加油！

鹿王

頭上頂著一對沒有長葉子的樹杈兒
雄糾糾的踱步在柵欄裡
突然定睛凝望著我
微微的囁嚅著嘴唇
好像告訴我帶牠離開牢籠
自由奔馳遼闊的原野
牠的願望、我的願景
就在〈鹿王加油〉的故事裡

小鹿軒軒愛蹦蹦跳跳，更愛四處奔跑，媽媽很擔心，無時不在叮嚀：

「軒軒啊！我們身邊隱藏著很多危險，你可不能離媽媽太遠喔！」

可是軒軒始終靜不下來，東奔西跑，害得媽媽提心吊膽，盯著軒軒放不下心。

「嗶——嗶——嗶——」是優美悅耳的笛聲，可是媽媽卻豎起耳朵仔細的聽，緊張的四處瞭望。

「軒軒！小心點兒，獵人來了，吹奏著引誘我們，迷亂我們的魔音！」

「可是聽起來多甜蜜，好像招呼伴侶的親切呼喚！」

果然有隻小母鹿，傻傻的往笛聲的方向，一步一步走過去，像被催眠似的，迷迷糊糊的走！

「砰！」突如其來的槍聲震撼山谷，樹葉紛紛飄落，霎時，遠遠的看見迷路的小母鹿倒了下去！鮮血染紅了青青草地！就在同一個時間，汪汪狗吠穿梭森林傳到軒軒和媽媽耳裡。

這對軒軒來說是「震撼教育」，立即清清楚楚的領會了媽媽說的「危險」

是怎麼一回事，不禁害怕的打了個寒顫！

軒軒當了哥哥了，妹妹很可愛，也很黏人，始終黏著哥哥，軒軒帶著妹妹尋找鮮嫩的草，也追逐花間的蝴蝶，日子過得很快樂。

可是有一天，那迷人的笛聲又響起，忽然發覺妹妹不在身邊。

「糟啦！」

很久以前，那小母鹿血染青草地的恐怖景象，清晰的浮上軒軒的腦際。軒軒一邊向媽媽求救，一邊豎起耳朵細心諦聽，提高警覺，更是眼觀四方，耳聞八面，尋找妹妹的蹤跡。

媽媽來了，憂容滿面，擔心著妹妹的安危，可是牠多麼的無能為力啊！因為牠跟所有的母鹿一樣，身上沒有一件可對抗獵狗和獵人的武器。

媽媽只有眼巴巴望著遠方，再回過頭看著軒軒，把一切希望寄託在長大了的兒子身上，尤其是牠頭上威武的犄角。軒軒知道自己任務重大，必須奮勇保護媽媽和妹妹。

「汪！汪！汪！」當狗吠聲再度響起時，軒軒毫不猶豫的，抬起犄角朝向眼前的獵狗衝撞過去，忽然一聲尖銳的狗叫，是軒軒荊棘般的犄角刺傷了狗，隨著狗吠漸漸遠離，軒軒成功的帶回了妹妹。

可是眼見妹妹平安歸來的媽媽，卻說不出一句興奮的話，甚且愁容更深，顫抖著聲音說：「等會兒狗狗會帶著拿槍的獵人趕來的！」

「那怎麼辦？」

「懸崖峭壁才是我們安全的庇護所！可是要有勇敢威武的雄鹿守住山口！」

「媽！我知道了！您帶著妹妹和所有家族，到斷崖上找地方躲藏，狗狗追來了，我在峭壁入口守候，一夫當關，萬夫莫敵！媽媽您放心！」

「小心喔！現在也只好靠你了，因為你是族群裡最勇壯、犄角最發達的雄鹿！」

等所有家族都隱藏好了，狗群也追來了，剛才被軒軒的犄角頂了一下的傷狗，似乎要將功抵罪，竟然跑在前頭。

就在峭壁唯一的入口，那平坦的巨岩上，軒軒站穩腳步，低著頭，揚起犄角，睥睨來勢洶洶的狗狗，那傷狗膽怯了，後退幾步，轉頭跑了！另一隻猛犬接著撲上來，軒軒一躍，雷擊般撞上去！雖然頭部一陣劇痛，眼淚都流了出來，但猛犬已頭破血流，汪汪哀叫著回頭鼠竄！其他的狗慌張了，紛紛吠叫著往回逃。

獵人出現了！狗狗圍繞著牠狂吠，獵人舉起槍瞄準，軒軒想起先前的鹿王說過：「獵人不可怕，他的罩門在心頭燃燒的怒火，和顫抖的手。」於是昂揚的躍上更高的石階，晃動巨型犄角，挑釁那雙眼冒著火、雙手又抖不停的獵人。

「砰！砰！砰！」轟然槍聲響徹山林，但是軒軒仍然昂首站立，絲毫沒有畏懼，獵

人知道心跳急促的自己拿不穩槍，只好懊惱的帶著狗群垂頭喪氣離開。

「鹿王！鹿王！偉大的鹿王！我們敬愛您！我們讚美您！」躲藏岩石間的鹿群紛紛走回草原，環繞著軒軒歡呼。

「我是鹿王！」軒軒向森林、向草原、向山岳、向河川，大聲高喊！

「鹿王加油！」山間傳來莊嚴的回音。

陽光燦爛照耀、和風輕輕吹拂、彩雲徐徐飄舞、青草欣欣向榮，似乎在慶賀新鹿王的登基。

智慧小問答

1. 迷人的笛聲怎會是軒軒牠們的陷阱？
2. 軒軒頭上的犄角，使牠感覺該擔當什麼任務？
3. 軒軒怎麼當上鹿王？

24 犀牛榮耀的鎧甲

犀牛

犀牛，你是多帥的鐵甲武士！
可是光亮的銀鎧
你卻一點兒都不珍惜！
爛泥裡打滾，髒兮兮！
怪不怪？
還說那是頂級的美容保養術。

年初，山神吩咐野馬跑遍山林和草原，到處貼通告：「暖和的四月天，我們就要舉行千年一度的聯合武術擂台大賽，冠軍可獲得山母娘娘精心設計的真皮如意金剛鎧甲，請大家期待！」

銀光閃閃，輕巧合身的鎧甲，隨時穿在身上做為榮耀的標誌，那是多麼令人羨慕的獎賞啊！

風和日麗，草木欣欣的大晴天，草原上百獸雲集，等待著山神一聲號令，就要展開一場又一場精采的擂台賽了。

山神現身山頭，莊嚴的宣說：「這是本山史無前例的重要活動，為的是決定把山母娘娘費盡心思製作的，大家夢寐以求的，最好的鎧甲賞給誰？我和娘娘在比賽期間，無時無刻不化作千千萬萬的隱形人，在你們身邊觀察評審，所以請你們務必依照規則認真比賽，不可心存僥倖喔！」

山神環顧一下群集而來的大大小小動物，看見牠們意氣風發，熱情澎湃的光景，內心十分愉悅，此時，日正當中，山神莊嚴宣告：「從四月春，一直到九月秋，是大賽期限，現在擂台賽正式開始！」

從那一刻起，草原上、山林中，隨時可見一場又一場精采的賽跑、摔角、拳擊、跳遠、跳高、柔道、跆拳道、空手道、游泳、潛水，還有狩獵等等比賽項目。獅子、斑馬、羚羊、野牛，無不迎風飄搖著鬃毛或是犄角奔馳競逐，虎、豹、狼、狐，無不使出躡手躡腳的潛伏功夫，想狩獵成功。黑熊在練拳擊、大象在舉重、河馬在泅水、獼猴在單槓上轉車輪，到處熱鬧紛紛。

誰不想光榮的走過凱旋門，升起族群的旗幟，站在眾人仰望的領獎台，從山母娘娘手中接受亮麗的鎧甲呢！連軟弱的山羊、花鹿都拚命練習後腳踢，想在緊急時一腳踢翻獅子老虎。體型龐大的象，也心想：「擁有鎧甲，草原之王就非我莫屬！」

山林草原天天演出激烈無比的擂台賽，山母娘娘眼看有些動物遍體鱗傷，就說：「山神啊！應該可以停止比賽吧！牠們打得多悲慘啊！」

山神說：「我何嘗不想趕緊結束比賽，可是規定的期限未到，何況真正合乎規則的得獎者也還沒出現啊！」

其實這時候，山神已經悄悄注意到一身孱弱，毫無裝備的犀牛了。

犀牛，本來是天神創造動物時，累了一整天，意興闌珊時，把剩下的泥巴隨便捏捏的東西，雖然叫做「牛」，卻沒有牛的強壯和偶蹄，雖然有「馬」的奇蹄，卻沒有馬的靈敏。

不過犀牛很認命，牠說：「我是草原的和平主義者，每天溫順的吃著青草，不傷別人，不惹別人生氣，過我們一家和樂的日子。」

犀牛不惹別人，可是別人卻嫌牠把草吃過頭了，尤其是擂台賽一開始，更是被東趕西趕走投無路。不過愛好和平的牠，心裡所想的「武術」僅僅是怎樣防止被攻擊，從來沒想過攻擊別人。

「有啦！躺在泥淖裡打滾，泥淖裡放些獅子、老虎臭臭的糞便，這樣一來，就像穿著厚重的鎧甲，加上刺鼻的老虎臭、獅子臭，誰敢惹我！」

那一天，野牛成群想強占犀牛的草地，可是帶頭的野牛看到的是一身污泥的怪物，不禁詫異的說：「哪來的屎牛啊？」靠近，竟然是濃濃的獅子屎、老虎屎的味道，嚇得大喊：「快跑！快跑！快逃命！」

犀牛這一招效果奇佳，可是看在山神眼中，卻感慨萬千的說：「犀牛啊！你這樣不就變成名符其實的『屎牛』了嗎！何苦呢！」

山母娘娘更紅著眼眶說：「太令人感動了，牠不但盡到養育兒女，保護家屬的重責，還做到『止戈為武』的理想，甚至不顧自己的形象！」

「那麼鎧甲的得主是犀牛囉！」

「我投牠一票！」山母娘娘肯定的說。

當犀牛之歌響澈山林草原，犀牛之旗升上千年神木頂上，犀牛穿著銀光閃閃的鎧甲走下領獎台，以快跑繞草原一周時，所有動物不由得心驚膽跳，甚至嚇得四腳發軟昏倒在地了，因為牠太威武了，真是「無敵鐵甲犀利牛」啊！如果牠要向欺負過牠的動物報復，誰抵擋得了？

山神眼看大家驚慌失措的樣子，趕緊說：「你們不必發慌，犀牛的武德何等高尚！何況真皮如意金剛鎧甲的使用條件是只能直衝而不能橫撞！當牠偶爾鬧脾氣，衝著你而來，你就往旁邊閃閃吧！」

犀牛聽了點點頭說：「謝謝大家的關心，快跑繞場，只在讓大家看看山母娘娘獎賞的鎧甲是何等的輕巧合身，別無其他用意，和平主義的我，在自衛，在保護家小，請大家放心。」

智慧小問答

1. 山林、原野舉行怎樣的擂台大賽？
2. 為什麼山神和山母娘娘會把冠軍獎頒給犀牛？
3. 為什麼說：犀牛是「和平主義者」？

25 霸凌虎變友善虎

老虎

老虎啊！
展展威風
綻露笑容
站穩腳步、昂首瞄準、瀟灑揮桿啊！
怎麼始終趴在地上低頭打哈欠！
又沒有蘋果讓你消遣滑半天
誰叫你把我關在這無用武之地！

放我出去看看
風馳電掣、衝刺、咆嘯、手到擒來，草場威揚！
老虎有點兒生氣了！

老虎斑斑，最得意的是身上的斑紋，高貴、漂亮、威武，又可以在樹林裡隱身，當別人稱呼「威武的斑斑」時，牠覺得很窩心。

今天狩獵成功飽食大餐，正想找個涼爽的樹蔭歇歇，可是草原上只有稀稀疏疏的灌木，哪來遮陽的地方？斑斑悶得發慌！

「吼！吼！吼！」斑斑無精打采的打哈欠，可是草叢裡的小動物，聽起來卻是恐怖的虎嘯，緊張的四處逃竄，只有鳥兒們高高站在樹上，沒被斑斑嚇著。

「到哪兒才好玩呢？」斑斑邊哈欠邊自言自語。

樹上的斑鳩好奇的問：「斑大哥，你說啥呀？」

「是說到哪兒可以消消暑氣啊？玩玩遊戲啊？斑鳩小弟，好歹你我都姓斑，可以告訴我嗎？」

「只是——只是——」

「只是什麼呀？吞吞吐吐的！非得我發脾氣才說嗎？」

「只是因為你會霸凌，我不敢說。」

「霸凌就霸凌，我本來就是霸凌虎，你不說先霸凌你！」

「好！我說，我說，去猴子湖泡水啊！」

「呀！我怎麼沒想到！」斑斑拍拍腦袋，飛也似的奔向原野裡環繞著嶙嶙岩石，石縫裡綻放野花，把湖水襯托得像碧綠的寶石，多可愛的湖泊啊！

斑斑趕到湖邊，那兒已經熱鬧滾滾，一群猴子占據這口小小山湖，泅著水、跳著水，樂不可支。

「吼！閃開！我斑大爺來了！」

斑斑迫不及待，大喊大叫，一躍，跳入清涼的湖水，見到擋路的、礙手礙腳的，就左一拳，右一拳，虎式拳擊，再加虎式跆拳道，嚇得猴猻四散，不一會兒，偌大的湖裡，就只剩斑斑自個兒優游自在的漂呀漂。

猴群圍繞湖邊大聲抗議：「霸凌！霸凌！斑大爺霸凌！」

「反霸凌！反霸凌！誰都不能獨占大自然的泳池啊！」

「囉唆什麼！誰敢胡鬧，看我老爺的尖牙利爪！」斑斑張開大嘴吼了一聲，猴群怕得縮成一團，頭也不敢抬。

「想不到我的泳技還不賴嘛！」斑斑舒舒服服的伸展四腳陶醉在「虎式泳姿」，滿意的嘻嘻笑。

猴子們心不甘情不願的離開山湖，忍受不了炎炎大太陽，紛紛埋怨起來，猴王還算相當聰明，呼喚子弟們說：「斑斑那傢伙有勇無謀，不要怕牠，大夥兒跟我去要回泳池！」

「猴王啊！斑斑那麼鴨霸，我們怎麼對付？」

「我們不是常常站在湖邊的岩石跳水玩兒嗎！好好找個位置，站好，聽我命令行事。」

猴群又回來了，紛紛找好跳水台，等待猴王下令。

猴王環視一下子弟們，然後對著漂浮水面的斑斑發出輕蔑的大笑聲。

「哈哈哈！哈哈哈！什麼森林之王？活像死屍漂水，真噁心！」

「什麼？敢笑我死屍？」

「不然是殭屍囉！你看！我們的泳姿多美妙！多活潑！」說罷，手一揮，猴群個個表演起拿手好戲，有的滾翻跳水，有的飛機跳水，有的海豚跳水，讓斑斑看得好羨慕，牠想：「我是森林之王，有什麼會輸猴崽子的！」

斑斑吼叫一聲，攀上岩石，站好，一躍到半空，然後直直往水中栽下。忽然悽慘的哀叫聲從水中冒出來，好久好久，斑斑才掙扎著露出水面，可是頭暈目眩，跌跌撞撞的勉強上了岸，有氣無力的念念有詞：「霸凌！霸凌！我斑老大被猴崽子霸凌了！」

猴王率領著猴群小心翼翼的靠到斑斑身邊說：「傷勢怎樣？斑老大，只要你不再霸凌，我們有療傷祕方，馬上給你急救。」

「好吧！我改過了，從此不要叫我『霸凌虎』，我要做『友善虎』！」

「真的？」

「當然，虎言一出駟馬難追！」

「給『友善虎』療傷祕方！」

猴族特別的草藥一敷上去，斑斑果然覺得好多了！牠高興的向猴王鞠躬致謝。湖畔立即歡聲雷動，大夥兒慶祝「霸凌虎」重生，變成「友善虎」，那不是天大的喜事嗎！

智慧小問答

1. 猴子們怎樣對付老虎斑斑的霸凌？
2. 猴王怎樣對待受傷的斑斑？
3. 霸凌虎怎麼會變成友善虎？這故事比喻什麼？

26 小羊大勇

羊

朵朵白雲似的點綴青草地
高高興興的蹦蹦跳跳
像拋向空中的小白球
太重了吧！一下子又掉在草地
奔跑了！
像一波波白色泡沫滾動在綠色大地

廣漠無邊的原野，綠草如茵，野花芬芳，飛鷹盤旋在湛藍的天空，雲雀高歌在雲端，羊群安詳的緩緩嚼著青草，牧童悠揚吹笛、牧羊犬聲聲吠叫回應。

這兒是遊牧民族的美麗草原，伊達是偉大的牧羊人雅伯漢的獨生子，父親無微不至的愛護他，始終帶在身邊，教導他學好牧羊人的一切本事。伊達不負所望，聰明伶俐，成群的羊，只要少了一隻，慧眼立即發現，帶著牧羊犬很快找回。

有一天，牝羊生下藍天裡的浮雲那樣潔白的一隻小羊，可愛極了！烏溜溜的眼睛總是天真的、乞憐似的望著伊達。

「啊！多麼叫人疼惜的小可愛！」伊達每次見到小白羊，都情不自禁的緊緊抱在懷裡，四眼相對彼此凝視。小白羊更是牢牢記住伊達的身影和聲音，會遠遠的直奔而來，又蹦又跳，繞圈圈撒嬌。

「小可愛，該給你取個名字吧！對！叫你『大勇』好了！」

在旁邊聽見的雅伯漢不禁噗嗤一笑：「再也沒有比小羊兒膽小的動物了，怎配叫『大勇』？」

伊達說：「爸爸，您沒看見牠從羊群裡不顧一切，衝著我奔馳而來的動作，那不是很大的勇氣嗎？」

「說的也是！」

從此，大牧人和小牧人，都「大勇！大勇！」的招呼著，把關愛的眼神投注小白羊身上，連機警、健壯、負責的牧羊犬，繞著羊群巡邏時，都會多看牠幾眼，討牠歡喜。

除了雅伯漢和伊達以外，最愛護羊群的莫過高高在天上的天神了！總想著怎樣把最好的送給牠們，引領牠們來到有草有水的美麗草原，又招來春姑娘相陪伴，請她曼妙的婆娑起舞。也請太陽公公暖和和的擁抱、微微的風柔柔的愛撫，有時也叫雲雀引吭高歌在天地之間、飛燕表演特技在湛藍的原野上，百花綻開在整片山坡，溪水暢快的歡唱在一望無垠的綠野間。

大牧人雅伯漢一直都很感謝天神，給了美好的大地、可愛的羊群、溫馨的家，尤其是伊達這麼懂事的兒子，他時常高歌歡唱：「天神啊！祢眷顧我們，給我們大地、陽光、水，和清新的空氣，祢是我們偉大的守護神，祢值得我們敬拜讚美，我們願為祢獻上一切。」

有一天，當雅伯漢又唱起讚美的詩歌時，天上傳來低沉卻清晰的聲音：「雅伯漢，帶著你的兒子伊達，到山上的祭壇，把他當作牲禮獻給我！」

雅伯漢以為自己聽錯了，搔搔耳朵，拍拍腦袋瓜，想問個清楚，還沒開口，那又高又遠的地方又傳來聲音：「我天神吩咐的，雅伯漢你一定要遵守！」

隔天，雅伯漢牽著驢子，載著準備好的柴木和火種，牽著兒子的手往山上去。到了祭壇前，伊達詫異的問：「牲禮的羊羔在哪裡呢？」

雅伯漢說：「兒子啊！羊羔嘛，天神會自己準備的！」說罷想把伊達抱上柴木堆上，就在這瞬間，忽然聽見背後一陣虎嘯，回頭一看，有隻猛虎張牙舞爪直衝而來，雅伯漢把伊達拉到背後護著，拔刀迎戰，就在心驚膽跳的緊張時刻，忽然聽見大勇咩咩！咩咩！急迫的啼鳴著奔馳而來。

「咩咩！咩咩！咩咩！」大勇不顧一切奔向猛虎，一躍，跳進裂開的虎口。雅伯漢父子顧不得危險，雙雙衝前拯救大勇，可是猛虎已一陣風似的轉身消失在叢林。

正當父子倆悲憤萬分拔腿追趕的剎那，天上傳來莊嚴的聲音：「雅伯漢，不必追了，你的信實我已領受！其實我要告訴你的是：好牧人要真心愛護自己的羊，羊毫不吝惜的獻出生命，給你們食物、衣著、家屋，你們也要回報每隻羊都感受得到的充分的愛，縱使捨命也要毫無保留的保護牠們的愛！」

雅伯漢回答：「是啊！所以我們非追上老虎救回大勇不可！」

天神說：「天下生物，構成巧妙的食物鏈和生命共同體，當中牧羊人和羊的互助共生，又是多麼巧妙又殊勝的景象！所有的羊，獻出生命以後，包括大勇在內，牠們柔軟潔白的靈魂，都會來到湛藍又遼闊的天空，等待著人們抬起頭深情的凝望！不必追了，大勇牠已在我溫馨的天空懷抱。」

智慧小問答

1. 小白羊怎樣討人歡喜？
2. 天神為什麼要牧人把兒子當祭物獻給祂？
3. 牧人和羊怎樣互助共生？我們的生活中也這樣的共生嗎？

27 雁伯伯奇遇記

雁鴨

雁鴨，淡水河畔，回娘家的公主王子
牠們飛越雪地海洋
一路排著人字型的隊伍
為的是向人們說我們回來了！親愛的朋友！
果然招來一群群獵豔的攝影達人

於是
琵嘴鴨，擺出鏟子篩美食的特技

羅紋鴨，得意的展現花花的羽衣
巴鴨，一身彩妝，說我是來選美的
綠頭鴨，嬌嬌嫵媚，等著春神憐惜
啊！超好的鏡頭，樂翻了獵影達人

從雲霧飄渺的雪山，漢子溪蜿蜒穿流山澗，一路快快樂樂歡唱愛的詩篇，奔向平原，為的是要會見她眷念的娘子溪。兩條溪流匯合了，波浪淼淼、碧草叢叢、溼地綿綿，是冬候鳥，尤其是雁鴨們喜歡駐留，宜室宜家的慈母河。

每當陽光和煦的冬日，河濱處處是捕捉雁鴨倩影的攝影人，當中有位「雁爺爺」，更是愛說「雁鴨故事」，而身邊時常圍繞著一群愛聽故事的小朋友。

有一天老爺爺說：很久以前這裡有個獵雁高手，人人稱呼他雁伯伯。當春水迎著和煦的陽光漫流寬闊的河道時，他總是扛著獵槍，像影武者，神出鬼沒，悄悄出現青青水草邊，舉槍瞄準戲水的雁子。

砰！一聲，射中一隻羽翼豐滿的肥雁，兩聲兩隻，三聲三隻，百發百中，不愧為神槍手！有時候，雁伯伯還會發射霰彈，一槍打中七八隻雁子，滿臉豐收的喜悅和勝利的昂揚。

有一年春天，雁伯伯出獵，總是無功而返，雖然更換性能更佳的槍枝，使用更強大的火力，可是怎麼也贏不過帶領雁群那機智靈敏的「雁爺爺」。雁爺爺，是雁伯伯給取的稱呼，因為牠是體形格外壯碩的首領，聰慧果斷，不輸給擁有雁伯伯稱號的自己，堪稱老謀深算，所以爺爺稱之。

雁爺爺不知怎樣測量的，只要雁伯伯靠近一步，就帶領雁群遠離一步，很準確的保持在射程之外，害得雁伯伯徒然忙了半個春季，卻生計都成問題。

迫於無奈，雁伯伯只好另想狩獵的辦法，絞盡腦汁忽然靈機一動，歡呼：「槍打不著，用陷阱！」

雁伯伯手舞足蹈，高興的在雁子集結的河段設下了無數的「鳥仔踏」，也就是當雁子飛下水面時，如果踩到「鳥仔踏」，就會被繩子捆綁的機關。

隔天雁伯伯滿懷希望，以為可以大慶豐收。可是來到現場，卻一隻雁子都沒上鉤。仔細查看，所有「鳥仔踏」都完好如初，一定是雁爺爺警告牠們別碰觸水面上那奇異的東西。

「鳥仔踏不行，改用天羅地網！」雁伯伯想起柴房裡的捕鳥網，迫不及待的搬出來曬一曬，補一補。已經摸清楚雁群飛行路徑的雁伯伯，悄悄的在雁群造訪之前，就把網子嚴密的張羅在雁子飽食之後，飛離時必經的山口。

雁群來了，在河裡戲水、覓食，然後又要飛回牠們山谷裡的家，雁爺爺帶頭起飛，啪嗟！啪嗟！啪嗟！全群氣勢雄壯，留下漣漪和水花翱翔在空中了。

雁伯伯屏住氣息凝視天空，期待著雁群如他所願的撞上網，而一網打盡，一吐多日來悶在肚子裡的氣。

雁群逼近網羅了，雁爺爺突然帶頭避開網子高飛起來，整群雁子順著雁爺爺的航線，也都順利的飛向山谷躲藏了。

眼見辛苦部署的網羅落空，雁伯伯只有無奈的望眼無淚，搥胸嘆氣，思考著下一步棋子。

悶在家裡苦思多日的雁伯伯，在一個晚春的午後，習慣性的扛著槍走在林間小路，偶然看見雲端掠過一個人字形的飛行隊伍，是雁群！雁伯伯立即舉槍擺好姿勢，這樣的高空射擊雖然很陌生，他還是信心十足，還暗暗的在心裡呢喃著：「揚眉吐氣的日子終於到來了！雁爺爺啊！想不到吧！你正帶領雁群朝著神槍手的射擊範圍來呢！而且我手上握著的是射程遠超過你想像的新科技長槍呢！今朝就看我一雪前恥吧！」

砰！一隻雁子應聲掉落，可是雁群仍然隊伍整然，似乎沒有受到驚嚇。

砰！砰！兩隻雁子應聲掉落，不！是三隻雁子掉落，有一隻並不是中彈，而是自己往地面俯衝的，是帶頭那雄糾糾的大雁。

大雁著地，靜默的站在血淋淋的傷雁身邊。當雁伯伯正詫異時，那大雁逐漸變形，隨著一片煙霧，嚴肅的站在那兒的是一位老爺爺，他自我介紹說：「我是雁爺爺，請求你不要再傷害我的族群，我們千辛萬苦飛越重洋，為的只是溫暖的陽光和日日的飲食，而且我們在生態保育的食物鏈上，也回饋這裡的土地。」

說罷，用嘴喙清理傷雁的傷口，使牠們恢復力氣站了起來，然後說聲：「雁伯伯！後會有期！」接著又變回大雁，帶領傷雁振翅飛回天空。

雁伯伯突然從夢裡驚醒似的，發現自己垂頭喪氣，兀立在林間草地，晚春的野風，暖和和的吹拂他散亂的頭髮，這才發覺帽子飄落草地，槍枝也掉在地上，可見剛剛發生的是多麼叫他驚奇的夢幻。

「後會有期」，是友誼的連續？善意的再會？還是挑戰的預約？雁伯伯苦苦思索卻不得其解。

「難道只是一個夢境？」雁伯伯查看攜帶的子彈少了沒有？一顆也沒少，可見根本沒射落雁子，況且槍管還是冷冷的。剛才的情景，必然是一場夢啊！可是怎麼會有這樣「如歷其境」的夢？

不再獵雁可以嗎？雁伯伯想，這是我的職業，除此之外他不懂也不會其他謀生之道啊！可是從這個日子以後，每當出獵，雁伯伯竟然需要以「雁伯伯」的身分，對抗「雁爺爺」的挑戰了！這是多麼奇異而又荒謬，更讓人不安的事呢！

每當雁伯伯扛著槍要出門，才踏出門檻，腦子裡就塞滿煩惱，雁爺爺的影像一幕又一幕閃爍在眼前，於是他又轉身進門，擱下槍，無所事事也不知所措的在屋裡徘徊。

有一天，閒著無事，無意中翻看父親遺留的畫冊，他是個老老實實的農夫，就是喜歡畫鳥，突然有一個畫面緊緊的吸引住了雁伯伯的視線。

「雁爺爺？牠怎麼在這裡？難道那刁鑽的大雁，是父親在世時就存在嗎？不可能！不可能！」

忽然眼前模糊了，似乎布滿一片煙霧，朦朧當中浮現一個影像。

「是雁爺爺！」

「對！是我！是來告訴你一件非常重要的事。」

雁爺爺的影像逐漸清晰，直到徹底可見，而且繼續說著話：「我爺爺是你父親跨越人鳥之隔的好友，你父親為我爺爺繪畫的肖像，栩栩如生，我爺爺說牠太喜歡了，所以把全部靈氣都融附在畫像了。」

雁爺爺想起了父親曾經是個喜歡畫鳥的農人，與鳥為伍的有機農場主人，想不到竟然跟雁子有這麼一段因緣。

從此，雁伯伯不再是獵人，而是畫家，跟雁子很親近的畫家，有機農場裡的雁子河，野雁成群優游，都是雁伯伯最喜愛的繪畫題材。

雁伯伯的故事說完了，小朋友瞪大詫異的眼光問：「您是故事裡的雁伯伯還是雁爺爺？」

「都是，也都不是，明白的說，我是雁爺爺的孫子，雁伯伯的兒子，世世代代愛雁鴨的雁家第三代傳人。」

「好難懂喔！不過我們好像已經知道你們三代都愛雁鴨，只是愛的方式都不一樣，雁子的畫家、雁子的獵家、雁子的攝影家，好奇妙的演變！」

「喂！不要在那裡猛敲膨風鼓了！精采的雁鴨戲水圖上演了！快來獵取好鏡頭。」雁伯伯的攝影友人急迫催促。

沒遮攔的天空、無汙染的空間，風從叢叢水草間，捎來雁鴨家族一切動靜的信息，雲樂得優閒漂浮觀賞慈母河餵養她心愛的魚蝦鳥蟲，小朋友搶看雁伯伯捕捉的鏡頭，驚叫歡呼，童稚的笑聲瀰漫溫馨的河畔。

智慧小問答

1. 雁鴨這種候鳥什麼季節來到台灣的河川沼澤？你想去觀賞嗎？
2. 雁爺爺指一隻雁，也指一個人，他們怎樣相處？
3. 愛雁鴨的三代人，愛的方式有什麼不同？

一附錄一

動物與兒童文學

世界各國的兒童文學作品中，以動物為素材的可說多得不勝枚舉。本來所謂「文學」是應該以人與人之間的關係為對象而成立的，兒童文學也不例外。

可是兒童文學卻另有一個特色，那就是純粹以人為對象的，和以動物為對象的，雙方的比重是不分上下的。這種特色的產生有種種原因，首先會想到的是：動物在人類的生活中是不可或缺的伴侶，而且從生物學來說，人類也是動物的一種，因此彼此之間自自然然的有某些交流。關於這個理由，只要看看我們身邊的貓狗、鳥禽、牛馬等就可以理解了。

除此之外，我們也會發現兒童是很喜歡動物的，尤其是幼兒，他們對動物的親切感比對人類還要深，這現象不必心理學的分析，只要從日常的見聞就可以明白。

因此我們可以知道，以兒童們所喜歡的動物為素材，就能夠使兒童對作品的世界，產生親近感和共鳴，而促進對作品的理解。

同時動物的存在，也能夠吸引兒童的好奇心和探究心，以此為基礎去思考人類的問題。不過兒童文學中，以動物為素材的作品，所以到處充斥的理由，卻可以從法國兒童文學家，也是傑出的動物文學家——路奈・基約（Guillot Rene, 1900-1969）的說法看出端倪，他說：「孩子們進入動物的世界，比進入成人的世界更覺心安，更自然。」

日人瀨田貞二引申此話的意義說：「在還沒接受善惡、正邪，以及人為的價值辨識和判斷以前，也就是白紙一般純潔的幼年時代，孩子是站在成人世界的外面，靜靜的觀察著成人。極端的說，是懷著恐怖和憧憬參雜的心情，等待著踏入另外一個世界，可是他們的腳步總是躊躇不前，於是被身邊的動物所吸引，不由自主的鑽進牠們當中去。」

兒童們為什麼在動物的世界，比在人類的世界覺得心安呢？關於這個問題的解答，我們可以說兒童是純粹天真的存在，也就是跟沒有心機的動物比較接近的存在，因此兒童跟動物之間的交流，是沒有什麼隔閡和抗力的，從這樣的現象我們也可以發現人類成長的特質。作為一個兒童文學作家，是不能忽略這個特質的，並且還需要活用這樣的特質，使他的作品更具光輝。

不過當兒童文學作家以動物為素材寫作時，一定要帶有某種情感。如果毫無情感，而只是平常的動物知識的敘述，那絕不能創造所謂的動物文學。如果有人單純的以動物當道具寫作，那麼這種作品就沒有文學藝術的價值了。

動物文學應朝怎樣的方向發展呢？李莉安·史密斯的看法頗受重視，她說：「不管選擇任何題材，只要作者對動物的生態，有深入的觀察，並且具備正確的知識，加之能夠應用生動的筆法，寫出活生生的充滿著真實味，而不是帶著哀傷的動物故事那就是成功的作品了。動物故事的目的是在賦給兒童有關自然界的知識，並且啟發他們對自然界的關心和好奇。換句話說是在滿足兒童探知動物真實的生態，而激發他們研究科學的心。」

史密斯女士以為寫動物文學的人，不僅要有高度的寫作技巧，同時也要有愛動物的心，並且對動物要有正確的知識。《動物記》的作者希頓，是位詩人，也是一位畫家，更是傑出的動物文學家。一個作家如果以膚淺的動物知識，去寫動物小說或動物童話，而缺乏文才和詩質，充其量只能寫出一些動物隨筆而已。動物與兒童文學具有不可分離的關係，作家們應以充分的愛心，創作既富於科學性，而又彌漫藝術氣息的動物文學作品。

九歌故事館 15

變！變！變！動物國

著者	傅林統
繪者	劉彤渲
責任編輯	鍾欣純
創辦人	蔡文甫
發行人	蔡澤玉
出版發行	九歌出版社有限公司 臺北市八德路 3 段 12 巷 57 弄 40 號 電話／25776564・傳真／25789205 郵政劃撥／0112295-1
九歌文學網	www.chiuko.com.tw
印刷	前進彩藝有限公司
法律顧問	龍躍天律師・蕭雄淋律師・董安丹律師
初版	2017 年 10 月
定價	**300 元**

書號 0174015
ISBN 978-986-450-149-6
（缺頁、破損或裝訂錯誤，請寄回本公司更換）

本書榮獲桃園市立圖書館補助出版

國家圖書館出版品預行編目 (CIP) 資料

變！變！變！動物國 / 傅林統著；劉彤渲圖 . -- 初版 . -- 臺北市 : 九歌 , 2017.10
面；　公分 . -- (九歌故事館 ; 15)
ISBN 978-986-450-149-6(平裝)

859.6　　　　106015974